KB131516

강주은이 소통하는 법

이 책은 실로 꿰매어 제본하는 정통적인 사철 방식으로 만들어졌습니다.
사철 방식으로 제본된 책은 오랫동안 보관해도 손상되지 않습니다.

강주은이 소통하는 법

일에 관한
열 가지 생각

올해는 내가 한국에서 살게 된 지 28년째이다. 2017년에 낸 나의
첫 번째 책에서는 유명 인사인 남편을 만나게 되면서 마주했던
다양한 경험, 세간의 주목을 받는 가운데 끝없이 펼쳐지는 문화적
차이와 거기서 비롯되는 적응과 극복의 일상 속 경험들을 다뤘다면,
이번 책에서는 토론토에서 보낸 청소년기부터 서울의 현재
삶까지에 걸쳐 내가 직접 경험했던 일과 소통에 관한 이야기를
나누고자 한다.

이 책을 위해 수차례의 인터뷰를 진행하면서 이야기를 나누다 보니,
내가 집에서뿐만 아니라 직장 그리고 일반적으로 만나는 사람을
대할 때 묘하게 일관된 사고방식을 유지하고 있음을 깨닫게 되었다.
이것이 과연 좋은 것인지 나쁜 것인지는 잘 모르겠다. 하지만 나의
경험과 그에 따른 이야기들로 이루어진 전체적인 결과가 내가
소중히 여기는 일관된 원칙과 핵심을 잘 담아 내고 있다는 것은
알고 있다.

일할 때의 나 역시 내가 누군지를 보여 준다고 생각한다. 우리는
살아가면서 맡게 되는 위치와 책임, 역할에 따라 어쩔 수 없이 그에
맞는 태도와 행동을 취해야 할 때가 많다. 하지만 어떤 상황에서도
사랑하는 이들, 그리고 일상생활에서 마주치는 많은 이를 위해
우리가 본질적이고 진실이라고 믿는 것을 희생하지 않기를
희망한다.

2021년 4월
강주은

Prologue

This year will become my 28th year of having lived in Korea. Although my first book accounted for my experiences meeting my celebrity husband, and how I managed living in the public eye within the myriad of cultural challenges and life as it unfolded for me, this second book will share about my experiences regarding work, both from my adolescent upbringing in Toronto to my current life working in Seoul.

During the several interviews for the making of this book, both the interviewer (who helped create the memoir before this book) and I could not help but notice the uncanny consistencies of my mindset beginning from within the home, my work life and to people in general. I don't know if this is a good or bad thing. I just know that the overall outcome of accounts and experiences, resonated consistent themes and principles I have valued.

It would seem that my work life has always been yet another extension of who I am. What follows is a culmination of anecdotes which have been produced within my personal experiences within the workplace. Though we'll need to wear a number of hats in our lives for the various roles and responsibilities we assume, it would be my hope we not compromise what we believe to be truthful and authentic for our loved ones, for as many of those we may come in to contact with in our daily lives.

April 2021
June Kang

차례

생각 1

서울 외국인 학교에서 일하는 13년 동안 매일같이
회의를 했고, 사람들을 만났다. 이때 소통의 방법을
나름대로 깨우쳤다.

나는 사과이고

당신은
오렌지예요

아빠가 선물로 주신 차를 타고 아르바이트를 다녔다. 옆에 있는 것이 인생의 첫 차이다.

그로부터 15년 뒤 나는 첫 직장인 서울 외국인 학교에서 대외 협력 이사로서 경력을 시작했다. 이날은 생일이어서 특별히 꽃다발과 파이 앞에서 임원들의 축하를 받았다.

이 사무실에서 13년간 일했다.

대외 협력 이사로서 공식 석상에서 학교에 관한 소개는 늘 내 몫이었다.

다양성에 대한 매력을 모르면 시선과 사고의
범위가 확장되는 경험을 놓치게 돼요. 생각을
당겨 줘야 할 필요가 있거든요. 다양성과
마주한다는 것은 이리저리 사고할 기회이죠.

사회는 정말 〈과일 샐러드〉거든요.
내가 사과라면 그 옆의 오렌지와도
그 옆의 바나나와도 소통하는 법을 알아야 해요.

앞으로 인터뷰를 통해서 강주은의 〈일의 자세와
소통의 방법〉을 찾아보는 시간을 가지려고 합니다.

좋아요.

2017년에 발행되었던 『내가 말해 줄게요』의 두 번째
이야기가 될 텐데요, 먼저 첫 책에 대한 주변의 반응이
어땠는지 궁금합니다.

사실 책 덕분에 인생의 폭이 확실히 넓어졌다는 생각이 들어요.
또한 새로운 분들을 만날 때에도 도움이 되었어요. 방송에서는
저의 한 면만 보여 주게 되는데, 책에는 저의 여러 관점이나
생각들이 알기 쉽게 정리되어 있잖아요. 저의 다양한 면을 보여
줄 도구라는 생각이 들었어요. 처음 만나는 분들이 책 이야기를
하며 말을 걸어 올 때 신기하고 기뻤습니다. 감사하죠.

주 독자층은 결혼을 갓 했거나 앞둔 분들이었습니다.

아무래도 새로운 가족인 남편과의 소통에 관심이 많기 때문이었을 것입니다. 일상적이고 보편적인 에피소드가 많았죠. 낯선 결혼 생활에 대한 이야기와 남편과의 일화들이 공감대를 형성했던 게 아닐까요. 〈나만 이상한 남편과 사는 게 아니구나!〉 하는 지점요. 그리고 50~60대도 이 책을 좋아한다는 느낌을 받았습니다. 왜일까요? 그 세대는 남편 최민수 씨 덕분에 당신을 이미 잘 알고 있죠. 시대의 아이콘이자 터프한 이미지의 배우와 함께 살면서 오히려 남편보다 더 단호하고, 가정 안에서 영향력 있는 목소리를 내는 인상적인 모습의 원천이자 더 다양하고 의미 있는 생각들을 그 책에서 발견했던 게 아닌가 싶습니다.

맞아요. 연령에 상관없이 다양한 그룹이 첫 책에서 위로를 받았던 것 같아요. 그 책을 들고 제게 오는 분들, 그 책에 공감하고 영감을 받았다는 분들은 이미 저와 함께 커피 타임을 한 50번을 가진 거나 마찬가지예요! 그런 값어치가 있다는 생각이 들었어요. 이미 제 마음속에는 그런 분들이 소중해요. 그런데 이상하게도 제 주변 친한 지인들이 있잖아요, 책을 읽었으면 이야기를 할 텐데, 책을 읽지 않았거나 공감을 못 했거나, 그런 거겠죠? 하하.

방송인 책에 대한 선입견을 가지는 사람도 있죠.
열기만 하면 쓸모 있는 이야기가 많은데요.

인스타그램을 통해 메시지가 많이 오는데요, 가끔씩 책
이야기를 하는 분들이 있어요. 그런 분들에게 솔직히 막
달려들어 〈너무 감사해요, 그래서 어떤 영감을 받았어요? 어떤
부분이 좋았어요?〉 하면서 생각들을 나누고 싶은데, 어떤
면에서는 제 책을 자랑한다는 느낌을 줄까 봐 그것도 참
조심스럽더라고요. 〈지금 빨리 내 책을 사세요〉 이렇게 들릴까
봐요. 그런 느낌은 안 받았으면 좋겠어요. 하지만 실은 정말
많이 자랑하고 싶었죠. 자제하느라고 힘들었어요.

자랑하고 싶은 그 책이 〈소통의 기술: 가정〉 편이라면,
이번 책은 〈소통의 기술: 일〉 편이 될 거예요. 소통의
기술은 집안에서든 일터에서든 크게 다르진 않을
겁니다. 소통의 원칙은 너무 당연한 것들이죠. 상대의
입장을 생각해 봐야 하고, 배려하는 마음도 있어야
하는, 그런 것들을 모르는 이가 어디 있을까요? 다만
상황에 맞춰서 이걸 어떻게 적용하고 얼마큼 행해
나가느냐가 늘 문제죠. 적용하려고 보면 내 예상과
다른 상황이 벌어지고, 그랬을 때 본능적으로
평정심을 지키기가 어렵다고 생각합니다. 다양한

경험을 통한 성찰이 쌓여야지만 성숙하게 대처하겠죠.
이 인터뷰를 통해서 일터에서 소통의 기술이 필요한
독자에게 당신의 다양한 일화와 경험과 통찰을 조금씩
나누고, 작은 영감이라도 줄 기회가 되면 좋겠습니다.

네, 도움이 되면 좋겠어요. 이야기 충분히 나눠요.

당신은 서울 외국인 학교에서 13년 동안 대외 협력
이사와 부총감으로서 조직 생활을 했어요. 그러고는
완전히 경력을 바꿔서 지금은 홈 쇼핑 「굿라이프」의
메인 호스트로 4년째 활약하고 있습니다. 전혀 다른
환경이죠. 그런데 전혀 달리 보이는 그 두 가지 일이
모두 강력히 〈소통〉과 연결되어 있습니다. 〈대외
협력〉이라는 일은 학교의 안팎의 연결 고리 역할을
하는 것이고, 〈쇼 호스트〉는 소비자들의 기호와 취향을
파악하고 필요한 상품들을 소비자의 눈에 맞게 보여
주는 역할입니다. 이 정도면 소통 전문가이군요.

그렇게 봐주시니 감사해요. 언제나 당당히 그렇게 불릴 수
있을지 잘 모르겠지만, 이전 직장에서나 현재의 일터에서나
공통으로 주변 사람의 이야기를 잘 들어야 하는 자리에
있었다는 것은 맞아요. 그게 소통의 시작이죠.

당신이 보기에 사람들이 일을 하면서 소통에 어려움을
호소하는 가장 큰 이유가 뭐라고 생각하나요?

처음부터 묵직한 질문이네요. 일단은 이렇게 이야기할 수
있어요. 〈사과〉가 〈사과〉하고 이야기하면 소통이 될 거고,
〈사과〉가 〈오렌지〉와 이야기하면 같은 둥근 모양 과일이어도 더
어려울 거예요. 향이나 맛도 다르고, 껍질을 벗기는 법도, 먹는
법도 다 다르니까요. 사회는 정말 〈과일 샐러드〉거든요. 사과도
있고 체리, 바나나, 오렌지 등등 참 다양해요. 그 과일마다 자라
온 온도와 습도, 고도 등 즉, 문화도 각각 다르죠. 한 과일이
하나의 문화라고 한다면, 과일 샐러드에는 나의 문화도 하나
들어가요. 만일 내가 사과라면 그 옆에 있는 오렌지와 소통하는
법을 알아야 하고, 바나나와 소통하는 법도 알아야 해요.
바나나의 껍질은 손을 사용해 위에서 아래로 벗겨야 한다는
것을 알아야겠죠. 사과는 칼을 사용해야겠고요. 껍질을 벗기는
법부터 이렇게 다 달라요. 사람 사이의 소통도 그런 것 같아요.

사과 깎는 법으로 바나나 껍질을 벗기려 한다면……,
정말 큰 문제가 생기겠네요. 먼저 그 〈문화〉라는 것에
대해 말하고 싶어요. 우리는 같은 사회에서 같은
언어로, 같은 시간대에 살고 있잖아요. 그래서 우리의
문화가 다르다는 생각은 잘 안 해요. 지금 당신이

말하는 〈문화〉라는 개념은 〈각 개인의 것〉이라는
전제하에 이야기하고 있어요. 그 〈개인의 문화〉에 대해
좀 더 말해 주세요.

저는 〈집안〉부터 생각해요. 각각 가정에서 부모, 배우자, 아이들
사이에 소통하는 방법과 문화가 확실히 있을 테고 그것은 다
다를 거예요. 부부는 타인에서 가족이 되는 과정이잖아요. 처음
만났을 때는 아무리 같은 〈한국 사람〉이라도 살아온 과정이
다르고 사고나 행동의 방식도 다르죠. 저도 결혼한 지 28년이
되어서야 〈남편과 한 문화를 만들어 가고 있다〉고 말하는
단계에 겨우 이르렀어요. 그렇게 말하는 데에도 얼마나 힘들고
긴 세월을 견뎌 냈는데, 제가 감히 어떻게 다른 사람의 문화를
제멋대로 생각하고 판단하겠어요.

그런 만큼 일이나 소통에도 여러 가지 방법이 있죠.

모두 생각하는 사고방식, 문화, 방법, 머릿속에 품은 가치의
우선순위 등 다 다르니까요. 사람들은 나름대로 자신이 익숙한
방법 안에서 최선을 다하고 있을 것이고, 분명히 저의 방법이
이상하다고 여기는 분들도 있을 거예요. 그래서 일단 저에게
〈소통을 참 잘한다〉고 하는 사람은 저와 같은 〈사과〉일 겁니다.
통한다고 느끼는 것은 성향이나 경험이 비슷하기 때문이겠죠.

TV를 통해서 보는 것이지만, 당신이 집안에서 의사를
〈정확〉하게 표현하고, 또 그것이 상대에게 부드럽게 잘
전달되는 것을 보면서, 당신의 일터에서의 소통
방식도 궁금해집니다. 일터에서도 업무 목표를 이루기
위한 다양한 방법이 있는데, 〈우선은〉 한 가지 방향만
옳다고 생각하기가 쉽죠. 만일 그 방향이 적절하지
못했으면 바로 외적, 내적 충돌이 생기고요.

〈상대는 당연히 나와 다른 생각을 가진다〉라는 개념부터 잘
적용하면 좋겠다는 생각이 들어요. 〈다양성에 대한 존중〉,
그것이 아주 중요하거든요. 그저 〈나는 지금 과일 샐러드 안으로
들어간다!〉는 생각이 기본으로 깔려 있으면, 먼저 상대에 대해
알아야 할 테고, 모르면 물어보겠죠. 나와 다를 것이라는 것,
〈타인의 다름〉을 전제로 삼는 것이 소통의 기본이라고
생각해요.

이전 책에서도 나왔던 이야기가 생각납니다.
캐나다에서 학교를 다닐 때 한국인이 혼자뿐이어서
차별이나 편견을 받지 않았느냐고 물었던 적이
있습니다. 그때 이미 다양한 인종이 섞여 있었기
때문에 〈나만 다른 게 아니라 모두 달랐다. 나만 특별해
본 적이 없었다〉고 답변했어요. 그렇다면 다양성을

당연하게 여기는 것은 어릴 때부터 자연스럽게 습득한
것이라고 생각됩니다.

그런 것 같아요. 한국에서는 〈허드 멘털리티 herd mentality〉, 즉
자기가 속한 그룹의 행동과 생각을 따라가는 경향을 느꼈어요.
어떤 나이가 되면 가져야 하는 것, 해야 하는 것, 느껴야 하는
그런 것이 있는 것 같아요. 개인의 취향과 문화가 비슷한 것이죠.
제가 자라 온 환경에서는 그런 걸 거의 본 적이 없거든요.

취향이 같으면 소통이 쉽고 유대감을 느끼게 되죠.
그렇지 않으면 배제되는 경향도 있고.

그러니까 취향이 비슷한 사람끼리는 모든 것이 수월해요.
하지만 그 다양성에 대한 매력을 모르면 시선과 사고의 범위가
확장되는 경험은 놓치게 돼요. 생각을 당겨 줘야 할 필요가
있거든요. 다양성과 마주한다는 것은 이리저리 사고할
기회이죠.

당신은 다름을 인정하는 것을 도전의 기회로도
생각하는 것 같습니다.

맞아요. 제가 식당에서 아르바이트를 한 적이 있어요. 그때 이

세상에 얼마나 다양한 사람이 존재하는지를 더욱 실감했어요.
식당 주인은 그리스 남자였는데, 한 30대 중후반 정도였어요.
주방장은 인도 사람이었고요. 처음엔 저는 주방 뒤에서 일하는
준비 팀이었어요. 그날그날 필요한 채소를 썰고, 햄버거 패티도
혼자서 빚었죠. 방 하나만 한 큰 냉장고를 왔다 갔다 하면서
재료를 꺼내고 넣기를 수없이 반복했죠. 그러다가 일을 꼼꼼히
잘하니까 한 달 뒤에 웨이트리스를 해보겠느냐고 제안받았어요.

어떤 종류의 식당이었나요?

가족들이 주로 오는 고급 패밀리 레스토랑이었어요. 조용하고,
카펫이 깔려 있는 격식 있는 식당.

다양한 손님을 만나야 했을 텐데, 웨이트리스로
일하는 건 어땠나요?

너무너무 재밌더라고요. 왜냐면 별의별 사람이 다 오고, 어느
순간부터는 단골들과도 정이 들었죠. 새벽 2시에 끝났는데,
마지막 순간에는 늘 술에 취한 사람이 있었어요. 꼭 동네 경찰이
순찰하러 들렀는데, 그러면 그때까지 바에 앉아 있는 몇몇에게
주인이 맥주 한 잔을 줘요. 이제는 영업이 끝났다는,
돌아가시라는 사인이었죠. 남은 사람이 마지막 잔을 마실 동안

저는 빗자루로 바닥을 쓸었어요. 마감 청소까지가 저의
일이었거든요. 그런 풍경들이 재밌었어요.

어릴 때라면 힘들기도 했겠지만 새롭고 재밌게 느낄
광경이겠어요.

즐거웠어요. 특히 손님들의 다양한 요구를 맞춰 가는 것이 제
하루하루의 도전이었어요. 스테이크 주문을 받는데 같이 딸려
나오는 버터 구이 버섯을 누구는 〈버터로 굽지 말아 주세요〉,
누구는 〈굽지 말고 꼭 찜으로 해주세요, 데치지 말고요〉, 누구는
〈같이 나오는 마늘은 볶아 주시는데 버섯과 섞지 말고 따로
주세요〉 이런 식으로 추가적인 요구 사항이 참 많더라고요. 저는
늘 웨이트리스로서 그 디테일한 요구 사항을 일일이 완벽하게
맞춰야 한다고 생각했고 그것을 〈도전〉으로 받아들였어요.
심지어 메모 없이 완벽하게 해내는 것이 저의 자부심이었어요.

몇 살 때였어요?

그 당시 17세! 유독 요청 사항이 까다로운 손님이 가끔씩
있었어요. 별나다고 생각되는 유형이죠. 물론 저도 이렇게
생각했죠. 〈이 사람, 너무 과하네!〉 하지만 제가 그 사람을
보면서 가지는 저만의 도전은 〈저 별난 사람을 완벽하게

만족시켜 보자〉는 거였어요. 복잡한 주문을 받고 주방으로 가서
요리사들과 막 이야기를 나눠요. 젊은 인도 남성들이었는데,
제가 받아 온 주문을 일일이 다 설명하면, 하나같이 이렇게
말해요. 〈그 미친 사람 또 왔구나!〉

　　하하. 모두가 똑같이 특이하다고 생각했군요.

하지만 그렇게 요리사들에게 설명하고 부탁해서 완벽한 음식을
가져다주면 손님이 그렇게 행복한 표정을 지을 수가 없어요. 그
얼굴을 보면 저도 덩달아 신이 나요.

　　그리스인이 운영하고 인도인들이 요리사로 일하는,
　　가끔 〈미친 사람〉도 오는 그런 곳에서 웨이트리스로
　　일했고! 사람의 문화와 생각이 다 다를 수밖에 없는
　　그런 상황에서 눈치가 필요한 포지션, 상대가 원하는
　　것이 뭔지를 꼭 알아야 하는 위치에서 일했군요.

네, 맞아요. 얼마나 신나게 일했다고요. 팁도 많이 받았어요.
믿기 힘들겠지만 하루 팁만 20여만 원이었어요. 일이 끝나면 제
호주머니에 그 현금이 가득 들어차 있었죠.

　　그 당시에 20만 원은 큰 돈이잖아요.

네, 2백 달러요! 식당의 급여는 시간당 4달러 75센트였어요. 한 달이 지나면 월급 수표를 받아야 하는데, 직원들 중에서 저만 월급날을 항상 잊었어요. 늘 주인이 이렇게 말했어요.

「다른 사람은 미리 당겨 달라는데, 어떻게 너만 항상 뭘 잊은 게 없느냐고 내가 먼저 물어야 하니?」

그러면 저는 〈음? 내가 뭘 잊었지?〉 하면서 정말 심각해지곤 했죠. 〈너 월급 수표 받으러 와야지!〉 하고 말하면 그제야 〈아!〉 했던 거예요. 월급도 받았지만, 팁만으로도 너무 만족했기 때문이었어요. 오늘도 다양한 사람을 만족시킨 대가를 충분히 받았다고 생각했죠.

한국에는 없는 문화지만, 팁을 받으면 그 장소에서 열심히 잘해 냈다는 느낌을 바로 체감했겠네요. 그렇게 두둑한 팁은 손님 입장에서 정말 만족스러운 서비스를 받았다고 생각해야만 지불하는 것이잖아요.

보람이 있었죠. 어느 때는 한 테이블에 열두 명까지도 서빙했어요. 그때도 어느 하나 놓치지 않았어요. 어떤 상황에서도 저의 모든 감각이 그들에게 향해 있죠. 〈뭐 더 필요한 것 없나요? 맛은 괜찮아요? 불편한 건 없어요?〉 계속 물어보면서 필요한 것을 확인하고 채워 놓곤 했어요.

부지런히 일했네요. 보통 한국에서도 많이들 식당에서 첫 아르바이트를 해요. 용돈도 벌지만 학교나 가정에서와는 전혀 다른 인간관계를 맺으면서 많은 것을 느끼는 시간이기도 하죠.

맞아요. 저도 그랬어요. 놀라운 점을 발견한 날이 있었어요. 그 열두 명을 서빙한 날이었는데 정말 복잡하고 부산했지만, 평소처럼 완벽하게 서빙을 했어요. 식사를 마친 그들은 계산하고 나갔어요. 얼마나 많은 팁이 있을까? 설레는 마음으로 테이블을 정리하러 가보니 테이블 위에는 고작 동전 7센트뿐이었어요. 그럴 리가 없잖아요. 그래서 접시 아래며 소파 구석이며 어딘가에 팁이 있을 거라며 필사적으로 찾았어요. 정말 구석구석요. 그런데 아무리 찾아도 아무것도 없더라고요. 그때 깨달았어요. 〈아, 이런 경우도 있구나. 아무리 열심히 일해도 아무 대가가 없을 수 있구나.〉

보통이라면 〈손님들이 몰상식하다, 오늘은 운이 없다〉 하고 그냥 넘어갈 수도 있는데, 거기서 평생 써먹을 나만의 교훈을 챙겼네요.

최선을 다해도 내가 기대하는 대가가 나오지 않기도 한다는 걸 온몸으로 체험했죠. 그 인상적인 일을 곱씹으면서 늘 다짐을

했어요. 〈내가 생각한 대가가 제대로 돌아오지 않을 수도 있으니, 늘 마음을 비우는 자세가 필요하겠구나.〉

보통 그 나이 때 부모님이 해줄 만한 조언인데, 당신은 직접 평생의 자산이 될 마음가짐을 짧고 굵게 배운 것 같아요. 17세의 강주은이 대견하네요.

네, 맞아요. 이미 어른이었어요. 그때의 경험이 제 토대가 되었어요. 귀한 시간이었어요.

별의별 사람들에게 서비스를 해주고 그 대가로 돈을 받아야 하는 입장, 즉 평등한 상태가 아니라고도 볼 수 있는데 거기서 생기는 다양한 취향에 따른 세세한 요청들을 흔쾌히 다 해냈다는 걸 보면, 그만큼 에너지도 있었고 마음가짐도 여유로웠을 것 같아요. 다양성에 대한 생각도 기본으로 배어 있었고.

〈사람들의 모두 다른 요구를 누구보다 완벽하게 맞춰 주고 싶다〉는 욕심이 있어요. 그건 지금도 변함없는 것 같아요.

그런 에너지의 원동력은 뭘까요? 내 몸과 내 정신을 사용해서 다양한 사람과 부대끼면서 〈일을 한다는 것)이 어떤 기쁨을 주나요?

**많은 사람이 일을 했으면 좋겠어요.
계속 단련할 것이 필요해요.**

저는 많은 사람이 일을 했으면 좋겠어요. 우리의 삶에서 일을
한다는 건 중요해요. 특히 여성은 아이들을 다 키우고 난 뒤에도
정신적으로도 그리고 인격을 위해서도 계속 단련할 것이
필요하다고 생각해요. 활동한다는 것은 건강하다는 뜻이에요.
어떤 곳에 내가 필요하다는 것, 나에게도 쓰임이 있다는 것을
확인하는 일이기도 하죠. 〈내가 기여하고 있다는 것〉, 〈사회와
주변 환경에 나의 생각, 에너지, 노력을 내놓는다는 것〉이 저의
큰 원동력이라고 생각해요, 늘.

그렇군요. 나의 에너지와 생각, 노력을 사람들이
인정해 주면 당연히 기뻐요. 자존감도 높아지고 이
사회, 회사, 주변인들이 나를 필요로 한다는 걸 느끼면
확실히 힘이 생깁니다. 하지만 일을 하면서 그런
감정을 느끼지 못하는 이들도 있을 거예요. 오랫동안
해오던 방식대로, 그리고 정해진 매뉴얼대로 일을

하면 어느 순간 내가 다른 누군가로 대체되어도
상관없다고 느낄 테고. 그러면 나를 표출할 기회를
잃고 굴레 안에만 존재하는 느낌이 들죠.

그 〈인정〉에 관한 이야기를 해보자면, 저는 서울 외국인
학교라는 비영리 교육 재단에서 13년을 일했어요. 공식적인 첫
직장이었어요. 그런데 그 긴 시간을 되돌아보니, 제대로 인정을
받은 적이 없더라고요.

　　　그곳에 필요한 인재였으니 그 긴 세월 동안 재계약이
이루어진 것일 텐데요. 주로 어떤 일을 했나요.

저는 그곳에서 크고 중요한 일을 큰 문제없이 해냈어요. 그곳을
대표해서 서울시와 함께 용산의 국제 학교를 설립하는 과정에
주도적으로 참여했고, 1년 동안 진행되는 서울 외국인 학교
설립 1백 주년 기념행사도 모두 저의 기획 아래 진행되었어요.
또 기존에 없던 학교 기부 문화의 토대도 만들고, 기부금도 많이
받아 냈어요. 이 세 가지가 가장 규모가 크고 중요하고, 또
어려운 일이었어요. 그 외에도 1년에 세 번 출간되는 잡지도
직접 만들었어요. 전체 메시지를 정하고, 그 안에 내용 구성을
하고 기부에 관한 스토리를 모으거나 기부자들의 기여도를
그래프로 만들고, 세계 곳곳에서 활약하는 졸업생들의 소식을

전하거나 인터뷰를 하고, 각 초·중·고등학교의 이슈들을
정리해서 넣고요. 그 잡지의 콘텐츠를 채우기 위해 쉴 틈이
없었어요. 필요하면 직접 글을 쓰기도 했고요. 그 자리에 있으니
할 일이 정말로 끝이 없더라고요. 그런 일을 찾아서 했어요.
누가 시켜서 한 일은 아니고 하지 않아도 문제될 게 없었지만,
되돌아보면 학교에 필요한 굵직한 일들이었어요. 그것이 그저
제 위치에서 해야 하는 일이기도 했지만, 모두가 당연하게
받아들였어요. 인정 같은 건 없었어요.

　　　　외로운 싸움이었겠어요. 그럼에도 늘 에너지가
　　　　있었다는 건데, 어떤 마음가짐이었나요?

저는 이전에 해본 적 없는 새로운 일을 할 때 또다른 도전이 내
앞에 왔다고 느껴요. 〈나만의 도전〉이 하나 더 생겼다고요.
그러한 경험 자체가 재료가 된다고 생각했어요.

　　　　주변의 인정과는 좀 상관없는 〈경험주의자〉라는
　　　　생각이 들어요. 경험이 많을수록 나만이 알고 있는
　　　　데이터가 쌓이는 거잖아요? 그것으로 족하다는
　　　　느낌이군요.

네, 특히 그곳에서는 한 번도 해본 적 없는 기부 문화를

만들었죠. 왜 기부를 해야 하는지에 대한 이유를 만들어야
하는데, 이를 위해서는 기획력도 필요하고 스토리텔링 능력도
중요해요. 또 기부를 할 만한 학부모, 졸업생을 일일이 관리해야
하죠. 거의 일대일로 소통해야 해요.

　　　아무런 이익이나 대가 없이 돈을 달라고 해야 하는
　　　건데요. 쉽지 않았을 것 같아요.

네, 맞아요. 그런 기부 문화를 만드는 것이 저의 주 업무가 되다
보니 그 이후에 제게 맡겨진 일들도 모두 기부와 관련되었어요.
캐나다 상공 회의소, 포르셰 클럽도 그렇고요. 포르셰 클럽은
아예 기부 클럽이 되었죠. 시너지를 이끄는 방법을 알게 된 것
같아요.

　　　처음 하는 일인데, 참고한 것이 있었나요?

초창기엔 기부에 관련된 워크숍에 다녔어요. 짧게는 2년만
있다가 다른 곳으로 떠나는 학생이 많다보니 학부모들에게서
기부를 받기가 쉽지 않거든요. 노하우가 필요했죠.

　　　워크숍에서 많은 도움을 얻었나요?

미국의 기부 문화 프로그램에 참여했고, 수료증도 받고
그랬어요. 그런데 미국의 문화와 한국의 문화는 또 다르니까
이곳에 맞춰서 토대를 만들어 갔죠. 그런 과정에서 배운 게
많아요. 사회 경력이 없는 제가 그렇게 중요한 일들을 문제없이
해내다니요. 주변의 평가와 상관없이 저는 그저 일하면서
감사하고 행복했어요.

　　　주변의 인정을 받는 것이 중요한 게 아니라 〈내가
　　　마땅히 해야 하는 일이라서 한다〉라는 것에 더 중점을
　　　두고 있었군요.

누구를 위해서라기보다 〈내가 사회에 속한 인간으로서 필요한
일을 했다〉는 것에 더 집중했어요. 어려운 일이었지만 주변의
응원이나 인정이 없어도 저는 괜찮아요. 스스로 만족을
찾거든요. 저 자신을 인정할 수만 있으면 돼요. 여태껏 해온
일을 생각해 보면 〈나의 만족〉이 제일 중요했어요.

　　　〈내가 만족할 만한 일을 먼저 찾아서 한다〉는 뜻이기도
　　　한가요?

그렇죠. 어떤 자리에 가더라도 내게 만족감을 가져다줄 것이
분명히 있어요. 그걸 찾아보려고 하고, 그게 눈에 띄면 지나치지

말고 소중히 생각해요. 뭘 하면 내가 만족할까?

　　　그런 큰일들을 해냈으니 특별한 인정이나 보상을
　　　기대할 만도 한데요.

음, 글쎄요. 학교에 근무하면서 상을 받은 적은 없어요. 아,
그런데요, 제가 홈 쇼핑을 시작한 지 얼마 되지 않았을 때 회사
대표에게서 상을 받았어요. 보여 줄게요! 제 얼굴도 이 트로피에
각인이 되어 있죠? 이걸 받는 순간이 참으로 낯설더라고요.
익숙하지 않았어요. 해야 할 일을 했을 뿐인데 상을 받는다니요.
제 인생에 제대로 된 상은 미스코리아 때 우정상 말고는
처음이에요.

　　　하하. 「굿라이프」 2주년 때 받은 공로상이군요.

딱 세 명이 이 상을 받았는데, 제가 그중에 하나였어요! 정말
깜짝 놀랐어요. 13년 동안 있는 일 없는 일 그렇게 찾아서 해낸
그곳에서가 아니라, 시작한 지 2년밖에 되지 않은 이곳에서
상도 받고! 기쁘죠. 그런데요, 이 상 못지않게 제게 만족감을
주는 기쁜 상이 하나 더 있어요.

　　　자세히 들려주세요.

「굿라이프」를 진행할 때 사용하는 큐카드라는 진행 대본이 방송
당일 아침에 나와요. 그걸 받으면 한글로만 되어 있는 그 종이에
한눈에 보이도록 제게 익숙한 영어로 키워드를 적어요. 얼굴
화장하면서는 어려우니 머리를 만질 때 그 작업을 정말
집중해서 해요. 그때가 아니면 그 작업을 할 시간이 없어요.
그다음 바로 스튜디오로 들어가니까요. 그 짧은 시간이 제겐
정말 중요한 과제를 해내는 시간이에요. 그동안 요령이 생겨서
더 간략하고 효율적이 되긴 했지만 여전히 제 마음속엔 바쁜
작업이에요. 처음엔 그 자체가 창피한 일이었어요. 분장실에
있는 다른 쇼 호스트는 스타일리스트와 여유롭게 농담하면서
대기하는데 저 혼자 그러고 있으니까요. 그런데 초창기에 제
머리를 해주시던 분이 스케줄이 안 맞아 한동안 보지 못했다가
최근에 다시 같이하게 되었어요. 그분이야말로 처음 저의
고군분투하던 모습을 제일 가까이서 보았죠. 며칠 전
그러더라고요.
「주은 님, 우리 처음 시작했을 때 기억나세요?」
「기억나죠.」
「그때나 지금이나 끝까지 공부하는 모습이 여전해요. 그래서
〈굿라이프〉가 여기까지 온 것 같아요. 이래서 주은 님이 하는
일은 어떤 것이든 성공할 수밖에 없어요.」
와, 이 이야기를 들었을 때 하늘에서 상을 받은 느낌이었어요.

회사 대표가 주는 상보다 옆에서 직접 지켜본 사람의
그 한마디가 더 좋았다?

초창기부터 저의 리얼한 모습을 본 사람이 그런 이야기를 하니,
성과를 다 떠나서 현장에서의 제 노력이 진심으로 인정받은
느낌이었어요.

많이 익숙해졌음에도 여전히 긴장하고 최선을 다하는
모습을 잘 봐주었네요. 그리고 그런 말 한마디가 어떤
상보다 더 가치 있다고 생각한다는 것이 자신의
성실성에 자부심을 가진다는 뜻으로 비쳐요. 진심으로
일하는 사람만이 받을 수 있는 값진 칭찬을 받았네요.
그런 한마디에 힘을 얻는군요.

맞아요. 그런 순간이 만족감을 주고 원동력이 돼요.

회사 생활에서는 경력이 쌓일수록 요구되는 책임감도
커집니다. 그럴수록 신입이든 경력자든 누구나
〈잘하고 있다, 그렇게 하면 된다!〉는 응원이 필요한 것
같아요. 긍정의 평가가 없으면 점점 자존감도
떨어지고, 내가 잘하고 있는지 의심하고 불안하게
되죠. 푸념처럼 〈그만두고 싶다〉, 〈내 사업하고

싶다〉고 말하는 사람도 많고요.

요즘같이 힘든 시기는 전체를 크게 바라보는 시각을 가져야 할 것 같아요. 책임질 것들이 많아서 일을 하고 싶은데도 못하는 사람이 많죠. 직장 안에서 그런 상황이라면 〈나의 만족〉은 못 느껴도 〈그래도 월급은 나오니 우리 가족은 큰 걱정이 없다〉는 사실이 보물 같은 가치를 가질 수 있어요. 코로나19 이후에 저한테도 인스타그램 메시지로 통장 번호가 정말 많이 들어와요. 〈이런 이야기가 너무 창피해요. 그러나 사업 시작했는데, 타이밍이 안 맞아 망하게 생겼어요. 몇 천만 원을 빌려주세요, 꼭 갚을게요〉 같은 내용의 메시지들. 그런 것을 보고 있자면 지금 사회가 많이 힘들다고 느껴요. 오죽하면 이러한 메시지가 올까? 일자리가 줄어드는 분위기예요. 캐나다 상공 회의소를 후원하는 기업 중에 로열 뱅크 오브 캐나다라는 은행이 있어요. 그곳도 얼마전에 한국 지부를 철수했어요. 그러니까 거기서 일했던 수많은 사람들의 직장이 한번에 사라진 것이죠. 정말 충격적인 소식이었어요.

일자리가 많이 줄어들었죠. 그런 만큼 직장을 다닌다는 사실에 감사하는 마음이 정말 중요하죠. 하지만 일터에서 보람과 만족을 찾는 것도 그에 못지않게 중요하니까요.

일을 하면서 만족과 의미를 못 찾는 순간이 저도 많아요. 저에게 새로운 도전이었던 홈 쇼핑 「굿라이프」를 하면서도 당연히 그랬어요. 제 이름을 걸고 하는 프로그램임에도 불구하고 제가 그 팀 내에서 존재감이 〈꼴찌〉였던 적이 있어요.

어떤 일이든 사람들과 일할 때는 모두가 그런 생각에 빠지는 것 같아요. 당신은 어떤 마음이었나요?

〈아, 나에게 시험이 오는구나. 내 이름의 방송인데, 내 말에 힘이 없어. 이치에 맞지 않아!〉 그런 생각만 가득하던 때가 있었어요. 그때 저를 한번 돌아보았어요. 〈내가 머리가 커졌나? 당연히 모두가 나를 맞춰 줄 거라고 생각했구나?〉 식당에서 열두 명을 완벽하게 서빙했으면 당연히 팁을 왕창 받아야 하잖아요! 하지만 현실은 그렇지 않았죠. 비슷한 테마예요. 〈찰나의 배움〉이라는 생각이 들어요. 내가 여기 리더인데? 리더다운 대우를 받아야 하는데? 하지만 그런 생각은 통하지 않았어요. 당시에는 얼마나 더 버텨야 할까 고민이 많았어요. 그런데 누군가가 저의 분투하는 모습을 봐주었고, 자연스럽게 흐름에 따라 주변 상황이 변화되고 정리되면서 많은 부분이 해결되었어요.

소통도 잘하고, 가진 재능이 많으니 쇼가 당연히 무리

없이 이루어진다고 생각하지만, 이러한 속사정은 잘
모르잖아요. 하지만 누구나 하는 그 고민을 당신도
했군요. 포기하고 싶다는 생각도 들었나요?

당연하죠. 그만두려 했다면 여러 명분을 만들어서 그렇게 할 수
있었어요. 하지만 그러한 몇 가지 이유들 때문에 이름을 건 쇼를
포기한다고? 생각해 볼수록 애매했죠.

구체적으로 어떤 고민들이었나요?

이곳에서 표면적으로는 리더이지만, 홈 쇼핑은 제게 새로운
세계였어요. 모든 멤버가 저보다 어리지만 모두가 제
선배였어요. 그들의 지혜를 얻어야 하는 입장이었어요.
홈 쇼핑은 매출에 민감한데, 이들만이 아는 홈 쇼핑의 문법이
있었어요. 소개할 제품을 선택할 때도 팔아 본 경험이 없는 제가
어떻게 좋은 선택을 하겠어요. 신인으로서 홈 쇼핑에서 어떤
물건에 관심이 쏠리는지 열심히 배워야 하는 입장이었어요.
일하면서 같이 느끼고 함께 방향을 설정하죠. 제 이름으로
방송한다고 해서 당연히 제 마음대로 할 수 있는 게 아니었어요.
그 세계를 알기 위해 시간이 걸렸어요. 어떤 것이든 그런 과정이
필요한 것 같아요.

실패를 했다는 것은 시작했다는 거예요.
처음부터 잘할 수는 없어요. 그건 너무 명확해요.
만들어 가는 것이 중요해요.

당장의 순간이 괴롭고 힘들다 느끼기 쉽지만, 현재의
시간이 미래로 이어진다는 생각은 잘 못해요. 시간은
흐르고, 지금 어떻게 마음 먹느냐에 따라서 미래의
상황이 더 좋아지거나 나빠지거나 할 텐데요. 하지만
그렇게까지 생각하기엔 현재가 너무 바쁘죠. 시간을
견디는 방법에 대한 노하우가 있을까요?

며칠 전에 「굿라이프」에서 착즙기 소개하는 내용을 준비하고
있었어요. 그 상품이 첫 방송 상품이기도 했거든요. 그래서 방송
작가가 재미로 보라고 저의 첫 방송 링크를 보내 줬어요.

아, 기억나요. 첫 책 같이 준비하던 때라서 많이
이입되어서 봤거든요.

말도 로봇처럼 하고, 카메라를 보는 것도 영 어색하고 전혀
여유가 없었어요. 그 방송을 보는 누구라도 느낄 정도로.
며칠 전 그 영상을 보면서 당시 과거로 돌아가서 저에게 이렇게

말하고 싶더라고요. 〈주은, 걱정하지 마. 4년 뒤에 너는 훨씬 더
잘하고 있을 거야. 이런 낯선 과정도 곧 자리를 잡을 거야.〉
불안했던 저를 안아 주고 싶었어요. 제가 그때로 돌아갈 순
없지만, 지금 내 앞에 있는 일을 더 잘해 낼수록 과거의 나를 더
꽉 안아 주는 게 아닐까, 그런 생각이에요. 제 마음에는 확실히
그런 정신이 있어요. 지금 더 잘해 낼수록 과거의 제 부족했던
부분을 채워서 밸런스를 맞추는 것이죠. 그러면 그때 실패의
아픔이 많이 줄어들어요.

　　　과거의 나와 지금의 나를 가까운 연장선에 놓는군요.

실패에 매력을 많이 느껴요. 괜찮아요. 지금 많이 실패를
해둘수록 제가 앞으로 더 잘해 낼 토대가 만들어진다는
생각이에요. 그런 마음으로 그 힘든 시간을 견뎌요. 실패를
했다는 것은 시작했다는 거예요. 조금만 지나도 되돌아보면서
〈아, 그때 그랬지!〉 하면서 앞으로 나아가도록 이끄는 이정표가
되어 주거든요. 처음부터 잘할 수는 없어요. 그건 너무 명확해요.
만들어 가는 것이 중요해요.

　　　과거의 나와 지금의 나 그리고 미래의 나, 그 과정과
　　　흐름을 인식하는군요.

다들 〈예쁜 것만 심을래〉라고 생각하기 쉬워요.
하지만 항상 다양한 씨앗을 심는 것이 좋아요.

네, 맞아요. 그런 마음으로 그 과정을 소중히 생각해요. 그러면
너무나 자연스럽게 겸손한 마음도 생겨요. 첫 책에서도 여러 번
강조했어요. 내 인생에 씨앗을 심는 시기가 있다고요. 무엇이든
시작할 때는 씨앗을 심어야 해요. 그 첫 방송의 어리숙함, 떨림,
능숙하지 못했던 그 모습도 하나의 씨앗이에요. 다들 〈예쁜 것만
심을래〉라고 생각하기 쉬워요. 하지만 항상 다양한 씨앗을 심는
것이 좋아요. 그런데 모두 씨앗을 심어야 하는 시점에 다 똑같이
열매만 따고 싶어 해요. 인간은 맛있는 것만 먹고 싶어 하니까요.

씨앗을 심는다는 것은 비유적인 표현이라고
생각했었는데 조금씩 머릿속에 그려져요. 그러면
평소엔 어떤 태도로 씨앗을 심는지 더 궁금해요.
일상에서 씨앗을 심는 행위는 주로 어떤 걸까요?

저는 「굿라이프」를 하면서는 제 이름의 쇼라도, 제가 제일 어린
학생이라고 생각했어요. 주변의 누구를 보더라도 그들이 일하는
과정을 살펴보고 예민하게 탐색했어요. 여기서는 겸손하게
배우는 자세의 씨앗을 뿌렸어요. 서울 외국인 학교에서 13년

일을 하면서는 저는 여섯 명의 팀원을 관리하는 팀장이었어요. 우리 팀이 학교 내에서 한 행사를 맡았다면 저는 책임자로서 총체적인 관리만 해도 되거든요. 마땅히 효율을 위해서 부하 직원에게 일임하는 것도 중요하지만, 더 중요한 것은 어떤 일 하나라도 사정이 생겼을 때 제가 바로 투입되어 같이해야 한다는 생각을 늘 가지고 있었어요. 시킨 일을 체크하면서 〈이거 했나, 저거 했나?〉 들여다보기만 하는 게 아니라, 제가 일임한 일이어도 그 일을 제 스스로도 충분히 할 수 있어야 한다는 거예요. 손님들이 학교를 방문하는데, 식사를 하는 자리였고, 각 테이블 세팅은 다른 누군가가 준비해야 하는 것이었죠. 그런데 그것이 제대로 되어 있지 않았다면 제가 일일이 하는 거예요. 제 위치상 손님들이 그런 제 모습을 보면 체면이 안 선다고 염려할 수 있고 위치에 맞는 행동을 지켜야 한다고 생각할 수 있어요. 하지만 제 위치에 맞는 일도 완벽히 다 하고, 접시를 거두는 일도 하고 쓰레기도 같이 정리했어요. 어떤 일이라도 〈내가 할 일이다, 못 할 일이다〉 선 긋지 않고 늘 같이할 준비가 되어 있었어요. 중요한 행사 자리에 팀원 중 누가 못 나온다! 그러면 〈괜찮다, 내가 하겠다〉 하면서 알아서 그 사람의 몫을 진행했죠. 그런 마음이 저에게는 하나의 씨앗이에요. 그러니 팀원들이 팀워크를 중요하게 여기고 서로 믿으면서 일할 수 있었어요. 감사한 것은 식당에서 아르바이트 하며 뒤에서 재료 준비하던 그때요, 가장 하찮다고 느끼는 그 일부터 시작했고 그 일이 중요하다는 것을 알게 되었기 때문에, 그런 자세가 너무 자연스럽게 나왔던 것 같아요. 제가 상사라고 생색낼 시간이 없었어요. 해야 할 것이 너무 많으니까!

팀원 각각이 해야 할 일의 모든 과정을 다 알고 있는 편이군요. 본인이 기획했기 때문이기도 하겠지만, 디테일한 것 하나하나의 뒷면들이 자연스럽게 떠오른다는 것은 그것을 다 감각할 능력이 있다는 뜻이기도 한 것 같고, 같이 일하는 사람을 배려하는 마음이기도 한 것 같아요. 팀원을 월급 받고 일하는 존재가 아닌 〈나의 동료, 하나의 사람〉으로 보는 마음도 느껴져요. 그것도 하나의 씨앗을 심는 자세가 되는군요.

맞아요. 그런 크고 작은 경험들을 하나의 씨앗을 관리하는 것처럼 놓치지 않고 생각해요.

생각 2

서울 외국인 학교에서 내가 한 일 중 가장 큰 일은 〈용산 국제 학교〉
설립이었다. 서울시와 산업 자원부, 교육부 그리고 4~5개국의 상공
회의소에서 온 이사들과 같이였다. 최고의 국제 학교 설립이라는
하나의 목표를 이루기 위해 모인, 문화도 목적도 다른 이들 사이에서
나는 진행자이자 책임자였다. 그리고 학교 기공식 때 대표로 국내외
언론 앞에서 그 설립의 의미를 설명했다.

공평하고
싶어요

용산 국제 학교 기공식. 특히 중앙의 박용성
회장과 긴밀하게 소통했다. 이야기가 잘 안
풀리면 그분과 영어로 소통하면서 해결할 때도
있었다. 왼쪽부터 서울 외국인 학교 독일 학교
교장, 인베트스 코리아 대표, 미국 상공 회의소
이사, 박용성 대한 상공 회의소 회장, 그리고
내 오른쪽으로 독일 상공 회의소 회장, 서울
외국인 학교 영국 학교 이사회 대표이다.

용산 국제 학교 설립을 위해 한 달에 한 번
열리는 회의는 내게 큰 숙제이자 소통의
기술을 연마하는 기회였다. 한 시간 반 안에
회의를 마치기 위해 한 달 내내 이사들이나
건축 관계자들까지 일대일로 만나 직접
소통해야 했다.

그 결과나 결말이 나에게 와야 하는 것이라면,
알아서 맞는 때에 온다고 생각해요. 기다려서
얻은 결과라면 몇 배나 더 의미 있고 가치
있게 올 것이라고 믿어요.

다른 건 바라지도 마.

옆 사람이 너를 알아보든 말든

다른 모두와 평등하게

훈련받아야 한다는 것을 잊지 마.

학생 때 식당 아르바이트를 했다고 했는데, 아버지가

다니시던 화학 기업 롬 앤드 하스*Rohm and Haas*라는

기업에서 아르바이트를 했던 적도 있잖아요. 시기가

겹치나요?

네, 낮에는 회사에서 일했고, 저녁에는 식당에서 서빙을 했죠.

열심이었군요. 회사에서는 어떤 일을 했어요?

다양한 부서를 경험했어요. 마케팅팀의 홍보 자료를 만드느라

하루 종일 복사기 앞에 있었던 적도 있었고, 화학 회사니까 자료

팀에서 어떤 화학 재료에 대한 화학 성분을 분석해 놓은

MSDS(Material Safety Data Sheet, 물질 안전 보관 자료)를

정리하고 편집하기도 했어요. 심지어 회계 팀에서 비용을

처리하기 위해 영수증 확인하는 일도 했었어요.

정말 실제 업무에 투입되어서 일을 했군요.

네, 그 회사에서는 거의 신입 사원 뽑는 것처럼 아르바이트
학생을 선별했어요. 경쟁률이 매우 셌고요. 방학 내내 딱
2~4인만 일했어요. 주어진 일에 책임을 질 만한 학생들을
뽑았고, 시급도 그만큼 높았어요. 저도 2년 연속 선발되었고,
저의 책상도 있었어요. 아! 제가 회계 팀 업무를 하는 과정에서
회사 대표한테 혼난 적이 있어요!

　　　　무엇 때문에요?

제가 맡은 업무는 출장이든 접대 비용이든 직원이 이미 지출한
내역과 그 영수증을 확인해서 회사에 수표를 요청하는
것이었어요. 그런데 회사의 대표가 청구한 내역과 영수증을
맞춰 보고 확인하는 과정에서, 점심 식사 영수증 하나가 없는
것을 발견했어요. 그 비용이 허용 가능한 액수가 아니었어요.
어느 정도의 차액이면 회사에서 그냥 지불할 수도 있는데, 그
범위에서 한참이나 벗어나더라고요. 그래서 혹시 영수증
누락인지 싶어서 대표의 사무실로 갔죠. 그랬더니 그 대표가
그러더라고요.
「여기 아르바이트 하러 온 거 아닌가요? 나 누군지 알죠?」
「여기 대표님이시잖아요.」

「그래요, 그럼 이런 정도는 그냥 넘어가도 될 거예요. 이건 접대 비용이거든.」

「아, 그렇군요. 하지만 회계 팀에서 알려 준 매뉴얼대로라면 이 비용은 허용 범위가 넘어가서 제가 승인을 할 수 없습니다. 이 비용을 받으시려면 영수증을 제출하셔야 해요.」

회사의 대표가 그렇게 말하면, 보통은 그냥 넘어가야 하는 건가 생각하기 쉬울 텐데 원칙대로 했네요.

네, 그냥 결재를 하라는 거예요. 저는 제게 주어진 방법대로 맞춰 하지 않으면 안 된다고 생각했어요. 그게 대표든 누구든요. 그러자니 이 대표의 기분이 점점 안 좋아지는 게 느껴지더라고요. 우선은 제 자리로 돌아와서 팀의 선배들에게 상황을 말했어요. 선배들도 저보고 잘못한 게 없으니 대표의 반응을 좀 기다려 보자고 하더라고요. 잠시 뒤에 그 대표가 제 책상에 직접 와서 미안하다고 사과를 했어요. 〈자네는 일을 제대로 하고 있었는데 내가 그 선을 좀 넘었네요〉 하고요. 그래서 〈아, 감사합니다. 저는 전혀 대표님께 실례를 끼치고 싶지 않았습니다. 규칙상 제가 승인을 할 수 없는 상황이었습니다〉라고 다시 이야기를 했죠.

그런 규칙 앞에는 모두 공평한 것이 기본이죠.

빼빼 마른 영국인 중년 남성이었어요. 결국 회사에서 그 점심 비용을 지불하진 않았어요.

그래도 신사답게 바로 와서 아르바이트생에게 사과까지 해주었네요.

네, 제 아버지도 〈안 그래도 그분이 회사 안에서 성격이 좀 있다는 이야기를 종종 들었는데, 주은이는 잘못한 것 하나도 없어. 그 사람이 실수를 한 것이고, 마땅히 해야 할 사과를 한 거야〉라고 말씀해 주셨어요.

공정한 그 방법이 제대로 평가를 받았군요.

네, 제가 용산 국제 학교를 설립할 때도 재단의 윗분들과 항상 의견이 맞는 게 아니었어요. 어느 순간 의견이 안 맞았을 때 롬 앤드 하스 대표와의 상황처럼, 원칙대로 당당하게 이야기를 했어요. 물론 불편한 순간도 있었고, 위아래가 구별된 한국어가 어려우면 영어로 이야기를 했죠. 그 자리에서 실질적으로 일을 하고 책임지는 사람은 저였고, 불공정하거나 불공평한 일들이 생기면 양심상 그냥 넘어갈 수 없었어요.

공정한 하나의 목표를 위해서 불편한 순간을 견딜

때도 있었을 것이고요, 의견을 말하는 태도도
중요했을 것 같아요.

맞아요. 제가 그 영수증을 받으려고 정성과 예의로 그것이
필요한 이유를 설명했죠. 그리고 회계 팀의 선배들도 대표라고
회사의 돈을 마음대로 쓸 수 있는 게 아니라고, 그런 상황이
벌어진 것은 참 미안하지만 그래도 네 할 일을 잘한 거라며
오히려 칭찬을 해주었어요. 정말로 회사 내에서 그 대표의
평판이 그렇게 좋지 않기도 했었나 봐요. 봐주는 사람이
없더라고요.

그 회계 팀의 선배들이나 아버지의 조언도 영향이
있었을 것 같아요. 윗사람이건 아랫사람이건 공평히
대하는 것이 옳은 것이라고 확실히 체험했어요.

저희 아들들에게도 그런 마음과 가치를 알게 해주려고 해요.

이야기를 이렇게 이어가 볼게요. 큰아들이 이번에
군대에 간다고요. 방송에 나오는 것을 봤어요.
한국어로 소통이 어려움에도 불구하고 일반적인 군
복무를 선택했어요. 복수 국적자로 다른 선택을 할 수
있었음에도요.

원래 아들의 입대를 알릴 생각은 없었어요. 그러다가 매니저가 하루는 최민수 씨에게 좋은 추억을 선물하면 어떻겠느냐면서 그 이야기를 주제로 하는 방송에 출연해 보는 것을 제안해 왔어요. 듣고 보니 좋은 기념이 될 것 같더라고요. 아들과 상의하고 고심 끝에 방송 출연을 하게 되었죠. 개인적인 이야기를 공식적으로 꺼내면 우리가 감지하거나 예상하지 못했던 것들이 있을 거예요. 또한 복수 국적이었던 아들이 대한민국 국적을 포기하지 않고 군대에 가겠다고 스스로 결정한 것을 우리가 유리하게 방송에서 이용한다는 오해를 살 수 있어서 그것도 매우 조심스러웠어요. 그런데 매니저는 처음부터 긍정적일 거라고 생각하더라고요. 녹화를 마치고 방송이 나오는 날까지도 남편에게 이야기하지 않았어요. 방송 날, 남편이 채널을 돌리다가 제 얼굴이 화면에 나오니까 딱 멈추더라고요.

「어? 저게 뭐지?」

남편은 상황 파악을 하느라 바빴고, 저와 아들은 바로 옆에서 눈치 보면서 재밌어했죠. 처음엔 아들이 자신을 흉내 내는 장면을 보면서 좋아하더니 중간부터는 집중하는 게 느껴졌어요. 그러면서 저보고 이렇게 말하더라고요.

「군대 간다는 거 안 밝히기로 했잖아?」

그 순간 우린 얼음이 되었죠.

그래서 결국엔 남편이 고맙다고 했나요?

고마운 정도가 아니라, 이런 선물이 세상에 어디 있느냐면서
많이 좋아했고 눈물까지 흘렸어요. 자신이 받을 수 있는 것의
수백 배가 넘는 가치 있는 선물이라면서. 다행히 방송이 나간 후
시청자 반응도 좋았죠. 어제 유성이가 머리를 잘랐어요. 보세요.

　　어엿한 느낌이 나고, 멋져요. 머리 자르는 것도 큰 과정
　　중 하나일 텐데요.

맞아요. 군대를 보내면서 비로소 대한민국의 진정한 엄마가
되었다고 느꼈어요. 상상도 하지 못했던 한국이라는 세계에
갑자기 들어온 저는 이곳에서 아들을 키우긴 해도 아들 가진
한국의 엄마들과의 공감대는 크게 느끼지 못했어요. 아들을
가졌으니 군대를 보내야 한다고 머리로는 알았지만, 막상
입대를 앞두고 나니 그제야 한국 엄마들의 마음을 알게 된
느낌이에요. 요즘은 중년 여성들을 보면 〈아, 이분도 아들이
있을까? 군대에 보냈을까?〉 하는 생각이 맴돌아요. 여태껏 제가
가졌던 엄마로서의 로망이 뭐였느냐면 축구 엄마, 농구 엄마,
배구 엄마 같은 스포츠맨 아들을 둔 엄마가 되는 거였어요.
아들이 둘이니 그중 하나는 운동을 할 줄 알았거든요. 경기를
매번 쫓아다니면서 응원하는 그런 엄마의 이미지를 품고
살았죠. 하지만 그건 정말로 상상만으로 끝났어요. 그런데 어제
아들이 처음으로 묻더라고요.

「엄마는 어때?」

이제껏 입대 당사자인 자기 위주로만 상황이 모두 움직였을 테잖아요. 제 안의 감정들을 참고만 있었는데 그렇게 물어봐 주더라고요. 찡했어요. 솔직하게 제 속의 이야기를 했죠.

「나도 몰랐던, 굉장히 많은 내 마음속 태풍이 끝없이 휘몰아쳤어. 너를 보낸다고 생각하니 말이야. 하지만 자제하면서 너에게 힘을 줘야 한다고 생각했어.」

그 말을 하면서 〈비록 되고 싶었던 축구 엄마가 되지는 못했지만 그것보다 수백 배 더 귀한, 한 아들의 엄마로서의 자리를 감히 내가 가지게 되었구나. 내가 뭔데 이런 큰 상을 가지게 된 걸까?〉 하는 생각이 들었어요. 게다가 아들과의 방송 이후에 대한민국의 수많은 분들이 같이 응원해 주고 메시지를 보내 주었어요. 제 삶에서 상상도 못 했던 일이었어요. 앞으로 아들을 군대 보낼 엄마들에게는 위로가 되었다는 이야기를, 이미 오래 전에 보낸 엄마들에게는 공감하고 이해한다는 이야기를요. 내가 뭔데 이런 사랑을 받고 있지? 이런 마음이었어요.

대한민국에서 아들을 키운다는 엄마만이 가지는 그런 공감이네요.

아들이 집을 떠나는 게 처음은 아니었어요. 대학을 외국에서 다녔으니까요. 그런데 군대 보내는 것은 또 다르더라고요.

〈군대〉 하면 생각하는 고정 관념이 있고 무엇보다도
걱정이 크죠.

이 아이라면 한국어가 잘 안 되니까 카투사를 갈 거라고 모두
예상했어요. 남편도 권했고요. 하지만 아들은 처음부터 〈싫다,
카투사는 안 간다〉고 했어요. 카투사는 쉽게 가는 방법 중
하나라고들 생각하고 있고 아들도 마찬가지더라고요.
완강했어요. 제대로 가고 싶다는 거였어요. 그래서 처음부터 그
선택은 배제했어요. 자신이 카투사를 가면 사람들이 〈역시
최민수 아들 군대 쉽게 간다〉라고 할 게 뻔하다는 것이죠.

언어가 잘 안 통하면 스트레스 많이 받을 테고, 또
일상에서 쓰는 일반적인 한국어와도 다를 텐데,
그것을 스스로 견디겠다는 것이네요. 복수 국적자이니
대한민국 국적을 포기하는 선택지도 있었을 텐데요.

아버지가 한국인이고, 자신도 한국인인데 군 입대를 피하기
위해 국적을 포기한다는 것이 말처럼 그렇게 쉬운 일일까요.
아버지의 나라이자 태어나서 자라 온, 그리고 앞으로 살아갈
나라의 국적을 어느 누가 쉽게 포기할 수 있을까요. 그 연을
어떻게 쉽게 끊어 낼 수 있어요? 그것은 군 입대 문제 이전의 더
중요한 일이었고, 그 선택은 아들에게 너무 자연스러웠어요.

17세가 된 해에 직접 한 선택이에요.

> 그렇군요. 국적 문제는 군 입대 문제 이전에 더 중요한
> 정체성에 관한 것이군요. 당연히 그러하네요. 그런
> 아들에게 군 입대를 앞두고 어떤 이야기를 해줬는지
> 궁금합니다.

공평함에 대한 이야기를 많이 했어요. 「누가 이렇게 공식적인
대우, 응원까지 받으면서 군대를 가니? 모든 아이들이 그냥 가.
조용히 들어가서 괜히 구박받아. 그 아이들도 각각 한 집안에서
온 귀한 아이들이야. 그런데 너는 무엇 때문에 이리도 많은
사람한테 응원까지 받고 가는 걸까? 너한테 딱 하나만 부탁할게.
너도 알아서 잘 거라고 믿지만 이런 응원을 받음에도
불구하고 너는 완전히 흙 먹을 준비를 해. 다른 건 바라지도 마.
옆 사람이 너를 알아보든 말든 너는 모두와 평등하게
훈련받아야 한다는 것을 잊지 마. 만일 군대에서 너에게
조금이라도 잘해 주려고 해도 늘 흙을 집어 먹는 자세를 잊지 마.
18개월 동안 누가 네게 욕을 하고 무시하고 병신이라는 말을
해도 당당히 받아들일 준비를 해. 〈나는 이 안에서 아무것도
아니다〉라는 생각을 늘 가져. 이미 너는 받아야 할 것보다 몇
배나 많은 것을 다 받았기 때문에 모두 감내해야 해.」

군인보다 더 군인 같은 이야기입니다. 아들의 반응은?

〈엄마, 그런 이야기 이제 더 안 해도 돼. 나는 이미 그렇게
생각하고 있어. 나 거기서 흙 먹을 준비하고 있어. 걱정하지
마〉라고 해주더라고요.

근데 그 〈흙 먹는다〉는 표현은 어디서 나온 거죠?

그러니까 제 생각에는 훈련할 때 땅바닥을 기기도 할 거 아녜요?
거기서 최악의 상황은 흙이 입에 들어가는 거라고 생각했어요.
그런 정신적인 단련을 해야 한다고요.

최악의 상황을 달게 받아들이고 정신력을 더 강하게
키워야 한다는 대화를 서로 당연하다는 듯 하네요.
서운해하지 않고 그 뜻을 오해 없이 받아들이는
아들도 흔치 않을 텐데.

맞아요. 힘든 이야기이죠.

〈공평〉, 〈평등〉을 일터에서나 가정에서나 강조하는
이야기였어요. 삶 속에서 특권이 주어지면 안 그래도
힘든 세상살이니까 최대한 활용하고 싶잖아요. 좋은

여건을 잘 활용하면서 수월하게 갈 수 있으면 그것도
능력일 수도 있어요. 그런데 평등하고 공평하게
생각하고, 그런 마음을 늘 인식하고 겸손해야 한다는
것이 당신이 품고 있는 원칙 중 하나인 것 같아요.
어떻게 처음 그런 생각을 가지게 되었나요.

이 모든 것이 다 날아가더라도
내가 남아 있을까? 일단은 없는 것으로 쳐보자.
이런 거 다 없어도 나는 괜찮지?

어릴 때 친구와의 에피소드에서 그런 생각들이 뻗어 나온 것
같아요. 첫 책에도 나오는데, 제 인생 최초의 충격적인 경험 중
하나인 그 여자 친구 사건이죠. 초등학교 1학년 때 친했던
친구가 있었어요. 매일 즐겁게 보냈고, 전 그 친구가 있어서
좋았죠. 그런데 어느 날은 그 친구가 〈우리 이젠 친구
아니야!〉라고 말했어요. 무슨 이유인지도 모른 채 저는 대단한
충격을 받았고 많이 슬펐어요. 그래서 내가 그 친구에게 많이
의지했다는 것을, 그 한 사람에 대해 많이 생각해 왔다는 것을
어린 나이에 알았어요. 더는 배신을 당하고 싶지 않다는 생각에
〈마음이 아프지 않으려면 있어도 좋고, 없어도 좋은 사람으로

생각하자〉는 마음이 자연스럽게 들었어요. 그러면 그 아이가 내
옆으로 오든 안 오든 상관이 없을 거니까요. 제가 자유로워지는
것이죠. 그리고 덜 다치겠죠. 날 보호하는 첫 경험이 되었던 것
같아요. 그 친구를 통해 〈있는 것과 없는 것의 차이〉에 대해
처음으로 진지하게 생각했어요. 〈친구가 있고 없는 것은 내가
조절할 수 있는 것이 아닌데, 만일 내가 혼자 있는 것이
아무렇지 않으면 나는 먼저처럼 친구 때문에 슬퍼할 일이
없겠구나.〉 그렇게 처음은 〈친구〉였죠. 그러다가 〈주변으로부터
독립된 자세를 가지는 것이 좋겠구나. 주변의 것은 일단은 없는
것으로 쳐보고 거기서부터 아무렇지 않아 보자.〉 그런 생각이
본능적으로 생겼어요. 지금 이렇게 정리해서 말하지만 그때는
그게 뭔지도 몰랐겠죠.

주변의 사람을 비롯해서, 상황이나 편안한 여건들이
없이도 스스로 괜찮으면 좋겠다는 생각이었던 것이죠?

그렇죠. 그다음엔 물질적인 것으로도 넘어가더라고요. 그런
생각을 제 주변의 모든 것들에 적용해 봤어요. 어머니는
인테리어에 관심이 많았어요. 큰 아파트는 아니었지만 제 방,
부모님 방, 거실, 화장실, 주방이 있고 베란다가 있었어요. 그게
우리 첫 아파트인데요, 빈티지하고 심플한 덴마크식 가구들로
꾸며져 있었던 걸 기억해요. 그 가구들도 다 없다고 생각해

봤어요. 친구네 집에 가면 그 집의 것들과 우리 집 것들을
비교하는 마음, 아이들도 그런 마음 가지잖아요. 우리한테 더
좋은 게 있다고 자랑하는 마음요. 그때도 〈있어도 좋지만 없어도
괜찮아. 그게 나를 만드는 건 아니야〉라고 생각했어요. 온전한
나로서의 나가 중요하지, 물질이 있고 없음에 따라 내가
판단되는 것이 싫었어요. 그래서 예쁜 것은 예쁜 대로 즐기고 그
차이점도 인정하지만, 친구처럼 의지하지 말자고 생각했어요.
그러다가 더 큰 집으로 이사를 가게 되었어요. 신났죠. 처음부터
집을 짓는 과정도 보고 두근거렸지만 한편으로 드는 생각은
〈이런 집에 살고 싶어 하는 아이들이 이 동네에도
많겠지〉였어요. 그래서 이 집을 통해서 나눠야 한다고 생각했고,
이 집이 나라는 생각을 자꾸 깨려고 했어요. 있으면 좋지만
없이도 괜찮다는 마음을 계속 확인했어요. 〈이 모든 것이 다
날아가더라도 내가 남아 있을까?〉 그런 질문요. 정답은
하나잖아요. 당연히 내가 남아 있어야 하죠.
교회에서도 친구들이 항상 제게 부럽다고 했어요. 한인
교회였는데 저희 부모님이 다른 친구의 부모님들에 비해
젊었어요. 그래서인지 늘 이런 말을 들었어요. 〈너는 부모님도
젊고 멋쟁이들이고, 집도 멋지다.〉 그곳의 한인들과는 뭔가
조금씩 다르긴 했어요. 그곳의 한인들은 살아가는 패턴이
비슷했거든요. 집도 비슷, 차도 비슷. 그러니 교인들이 우리
집에 오면 늘 〈뭔가가 다르다〉고 했고 항상 사람들이 〈너는

좋겠다〉라고 했어요. 그런 말을 들으면 참 고마우면서도 〈그런 거 다 없어도 나는 괜찮지?〉 그런 질문도 동시에 스스로에게 했어요. 또 제 주변에 잘사는 집안들이 있었는데 그들을 보면서 〈나는 저렇게 행동하지 말아야지〉 생각하기도 했어요. 왠지 그들이 물질적인 것에 대해 그 진정한 가치를 잘 모르고 그것을 가지지 못하는 주변 사람의 생각을 잘 파악하지 못하는 것 같았어요. 그래서 〈내가 만일 저 입장이 된다면 잘 행동해야겠다〉는 마음이 늘 있었어요.

배려심도 있었네요.

잘사는 친구들과 쇼핑을 가면 늘 액수가 컸어요. 그런데도 서로에게 사라고 부추기죠. 하지만 친구들 중 형편이 비슷한 아이들만 있는 건 아니었어요. 비싼 것들을 아무렇지 않게 사는 아이들보다는 그렇지 못한 아이들이 제 눈에 더 들어오더라고요. 〈저 아이 눈에 지금 이 상황이 어떻게 느껴질까?〉 저는 그런 예민함을 가져야 한다고 여겼던 것 같아요. 제가 살면서 완벽하게 그런 마음가짐을 가졌다는 건 절대로 아니에요. 그것은 과정이에요. 그런 의식을 늘 가지고 있으려고 노력하는 거예요. 최대한 공평한 마음을 가지려고요. 양심 있게 공평하고 싶어요. 우린 다 다르니까요. 그리고 가능하면 그런 공평과 양심을 위해 나를 의미 있게 활용하자는 것이죠. 가능하면요.

철이 일찍 들었어요. 사춘기 때였을까요? 부모님과
이런 이야기를 나눴던 기억은 있나요?

열두세 살 때였어요. 부모님과 워낙 친했기 때문에 친구들
이야기를 많이 했어요. 이런 저의 생각을 잡아 주고 확인해
주셨죠.

독립된 정신 자세에까지 이어져요.

어느 것 이전에 〈단단한 나〉가 있어야 한다고 생각하는 거예요.
그래야 불리한 상황이든 유리한 상황이든 정신적으로 큰 영향을
받지 않는다고요. 내가 자유로워진다고요.

그 결과가 나에게 와야 하는 것이라면,
맞는 때에 알아서 온다고 생각해요.

겸손하고 평등한 마음에 대해 더 이야기해 볼게요.
나는 아무리 예의를 갖추고 겸손하고 평등하게

대하는데, 상대가 오히려 예의를 저버리고 나를
무시하거나 얕보거나 함부로 대하는 경우도 있죠.
그럴 때 이런 의문이 생긴 적은 없나요? 〈나를 너무
낮췄나?〉

그렇죠. 내가 왜 이렇게까지 해야 할까? 내 손해인데? 라고
생각하죠.

그럼에도 불구하고 그런 태도를 지켜야 한다고
생각하는 이유가 있나요?

제 어머니와 남편이 참 비슷해요. 그 두 사람이 저를 자꾸
들썩여요. 네가 얼마나 힘들여서, 공들여서, 피를 쏟으면서 한
일들인데, 왜 그렇게 무시당해? 왜 그렇게 빼앗겨? 왜 당당하게
말을 안 해? 왜 이놈 저놈 다 가져가는 동안 가만히 있어? 두
사람은 제가 당한다고 생각하고, 안타까운 마음에 항상 이런
말을 해요. 저도 그런 계산을 왜 안 하겠어요. 그래도 저는
괜찮다고, 필요 없다고 말해요. 그 결과나 결말이 나에게 와야
하는 것이라면, 맞는 때에 알아서 온다고 생각해요. 기다려서
얻은 결과라면 몇 배나 더 의미 있고 가치 있다고 믿어요. 내
스스로 노력해서 막 찾아다닐 필요가 없어요.

구체적인 이야기를 좀 해주세요.

〈서울 용산 국제 학교〉 설립 때 제가 한 일이 그런 사례가 될 수
있겠어요. 연희동의 서울 외국인 학교가 저의 첫 직장이었고
정식으로 근로 계약서에 사인을 한 첫 일이죠. 거기서 처음부터
이사라는 직책이 주어졌어요. 대외적으로 꼭 해내야 하는
강력한 목표가 있는 일이 많았기 때문인데, 그중 하나가 바로
서울 용산 국제 학교 설립이었어요. 뭘 설립해 본 적이 없는
내가 그런 걸 어떻게 하지? 처음엔 이런 생각이었죠.

그렇군요. 먼저 어떻게 서울 외국인 학교에 경력도
없이 이사로 취직되었는지 그 이야기를 먼저 듣고
싶어요.

저는 학부모 자격으로 학교에서 봉사 활동을 하고 있었어요.
취직하기 전 2년여 동안 학교의 기념품들을 판매하고 관리하는
역할이었어요. 아! 배송까지 했어요. 학교 기념품 창고를 맡아서
관리한 셈이에요.

학교 안의 매점을 운영했군요. 어떤 종류의
기념품이었나요?

학교생활에 꼭 필요한 운동복부터 기념이 될 만한 티셔츠나 학용품, 굿즈 같은 것들이었어요. 그래서 주문을 받으면 창고에서 물품을 찾아 직접 배송해 줬죠. 혼자 그 일을 했고, 어느 때는 상품 기획도 하고 물건을 만드는 공장과 소통하면서 제작까지 했어요. 그리고 결산해서 임원들에게 보고도 했죠.

봉사 활동인데, 단순한 도우미 역할은 아니었군요.

네, 맞아요. 다른 일들에 비하면 큰일은 아니었지만, 꽤 자잘한 일이 많았어요. 그 시기에 마침 학교에 〈대외 협력 부서〉가 신설되었어요. 오랫동안 독립적으로 운영해 왔지만 어느 순간부터 교육청 같은 정부의 기관과 소통할 필요성을 느껴 만든 거였죠. 하지만 그 부서를 맡았던 이사가 얼마 지나지 않아 고국으로 돌아가게 된 상황이었고, 그렇게 빈 자리가 생겼어요. 저는 봉사 활동 하면서 그 이사와 자주 소통을 하곤 했는데, 그분이 그 자리에 한번 이력서를 넣어 보라고 알려 줬어요.

추천인가요?

음, 추천이라기보다는 정말 여럿에게 제안했더라고요. 학부모들이나 지인들에게요. 그냥 정보를 준 거죠. 저 말고도 7명에게 이력서를 받은 것으로 알아요. 저는 처음엔 경력이 하나도 없는 가정주부인 내가 뭘 하겠나 싶었어요. 그런데 그 이사는 제가 창고 관리하는 것을 보고는 시도해도 될 만하다고 하더라고요. 그래서 용기를 내서 이력서를 썼어요. 역시나 이야길 들어 보니 화려한 이력을 가진 사람들이 지원했어요. 대단한 대학 출신에 변호사 같은 직업을 가진 사람들이었던 것으로 기억해요.

　　　　이력서 말고 자기소개서 같은 것도 제출했나요?

그럼요. 피아노 친 것, 미스코리아 대회 수상 말고는 쓸 게 없더라고요. 너무 초라한 이력서였어요. 그래서 자기소개에 좀 더 신경 썼어요.

　　　　어떤 내용으로 썼나요?

솔직하게 썼어요. 제가 가지고 있는 점 중 특별한 것 하나는 남편이 유명한 배우라는 것이잖아요. 남편 덕분에 언론사 인터뷰도 해보고, 방송에도 나와 보고, 신문에 칼럼도 써보고, 공식적인 행사 자리에도 꽤 참석해 봤죠. 대단하신 분들도 많이 만났어요. 대통령을 직접 뵌 적도 있거든요. 그런 공적인 자리에서 어떤 사람을 만나도 자연스럽게 소통할 수 있다는 점을 어필했어요. 또 배우 일을 하는 남편의 행정적인 업무들을 제가 관리했기 때문에 그런 경험을 살려서 대외 협력 부서라는 곳에서 잘해 보고 싶다고요.

면접도 보고?

그렇죠! 그때 임원이 다 모인 자리였고, 제가 첫 번째였어요. 나중에 들은 말로는 저와 인터뷰를 나눈 이후 그 누구도 성에 차는 사람이 없었대요. 그래서 만장일치로 제가 선택되었어요.

다른 사람이 어땠기에 그랬을까요?

화려한 이력을 가진 사람들이었지만 그 인터뷰 시간 동안 제대로 대화를 이어 나가기가 어려울 만큼 소통 능력이 부족했나 봐요. 저는 그 인터뷰 시간이 너무 빨리 지나갔거든요. 정말 신나게 이야기했죠.

봉사 활동을 하면서 학교의 분위기를 잘 알았기 때문이었을까요?

아무래도 그런 영향도 있겠죠. 그렇게 제가 처음 들어가서 맡은 직책이 대외 협력 이사였어요.

첫 일인데 그 직함이 좀 부담스럽지 않았나요?

첫 명함을 어머니께 보여 드리니 〈오, 이사구나, 대단하다〉
하시더라고요. 실은 그 직함이 의미하는 바가 뭔지도 잘
몰랐어요. 그런 개념이 없었던 거죠. 그 직함보다는 앞으로
학교의 일을 어떻게 해나갈지에 더 몰두해 있었어요.

첫 직장이니 더 그랬을 텐데, 그렇게 들어가자마자
얼마 지나지 않아서 맡은 일이 용산 국제 학교
설립이었어요. 꽤 무겁네요. 상황을 설명해 주세요.

서울시에서 규모가 큰 외국인 학교 설립을 계획하고 있었어요.
그래서 제가 취직한 지 얼마 안 된, 한국에서 가장 오래된
역사를 가진 서울 외국인 학교에 자문을 구했죠. 전 서울 외국인
학교에서 파견한 사원으로서 서울시와 산업 자원부, 대한 상공
회의소 등과 함께 〈코리아 외국인 학교 재단〉을 세우고 거기서
사무총장으로 일해야 했어요. 그 재단의 회장은 박용성 대한
상공 회의소 회장이었고, 그 재단에 모인 서울시, 산업 자원부,
미국·영국·캐나다·독일 상공 회의소와 대사관 등의 의견을
조율하고 취합해 나가며 학교 설립을 진행해야 했죠.
일 시작하고 첫 몇 주는 제 업무용 컴퓨터도 없어서 다 손으로
노트했었어요. 뭐 때문인지도 모르고 계속 미팅을 했죠. 그냥

하는 거예요! 무슨 이야긴지 잘 몰랐지만 같이 앉아서 듣고 그
이후에도 계속 스케줄이 잡히면서 이 사람 저 사람, 하여튼 여러
부서를 만나러 다녀야 했어요. 미팅할 때마다 저도 하나씩 배워
갔고, 그러면서 서울 외국인 학교나 각 상공 회의소의
외국인들한테 메신저 역할을 했죠. 그러면서 재단 설립하는
과정도 배우게 되었죠. 재단의 정관도 서울시와 꼬박꼬박 같이
앉아서 만들었어요.

　　　용어도 어렵고 간단한 문제가 아니잖아요. 변호사가
　　　꼭 있어야 하고요.

서울시의 변호사는 김앤장에서 나왔어요. 당시 서울시에서
처음으로 외국인 학교를 설립한다는 것이 빅뉴스였죠.
대외적으로 이 일을 전하는 역할도 했어요. 기자 회견 때
외신들도 취재를 왔어요. 굉장히 큰일이었어요.

　　　부담스러운 일이었는데, 경험이 없는 입장에서
　　　어려움이 많았을 것 같아요. 게다가 관계된 사람이
　　　많으니 더욱요. 그런 자리라면 더욱 겸손하고 평등한
　　　자세를 지키려고 했을 텐데, 어떤 어려움이 있었나요?

그렇죠. 그런 중요하고 정확해야 하는 자리일수록 더욱 신경

썼죠. 그런데 일이 진행될 때마다 정말 이 사람 저 사람! 자기들이 더 잘 안다고 나서는 자들이 정말 한둘이 아니었어요. 그럴 때마다 퇴근길에 너무 스트레스 받았죠. 〈아, 그 사람은 갑자기 어디서 나타나서 언제부터 뭘 했다고 그렇게 말했을까? 나를 무시하나?〉 제가 공식적으로 실무를 맡아 진행하는 사람이잖아요. 그런데 끼어드는 사람들이 불필요한 의견으로 혼란만 일으키고, 또 뭐 하나 해낼 때마다 본인들이 한 것처럼 생각하더라고요. 그 모든 걸음은 제가 걷고 있는데 말이에요. 내 걸음이고 내 달음박질인데 상관없는 자들이 갑자기 나타나서 그 마라톤의 상을 다 타가는 그런 상황요. 그럴 때마다 마음을 가다듬고 다시금 저의 원칙으로 돌아가요. 〈나는 열심히 하고 있고, 이 일을 문제없이 해내고 있는 것 자체로 다행이고, 내가 마땅히 좋은 평가를 받아야 한다면 그 순간은 언젠가는 찾아올 거〉라고요. 그런 순간이 지금은 가려져 있어도 빛을 발할 때가 올 거라는 희망을 생각하면서.

회사에 속해서 실무를 하는 사람이라면 모두가 그런 경험을 하게 되죠.

맞아요. 그런데 이번에 반성할 것이 있어요. 저도 내 입장만 생각하는 사람이 되었던 적이 있는 것이죠. 제가 하는 홈 쇼핑에서요. 생방송 하나 만드는 데도 얼마나 많은 과정들이

있어요. 상품을 찾아내는 MD, 협력사와 협의하는 MD, 방송을
기획하고 상품을 꾸리는 PD, 기획된 상품의 장점을 잘 보여
주기 위해 구성하고 계획하는 PD와 작가, 스튜디오 세트장
디자인하는 PD……. 이들이 모든 걸 준비해 놓으면 마지막으로
쇼 호스트들이 말로 표현하면서 지금까지 모두가 해왔던 그
일을 마무리하는 거예요. 그 과정에서 어느 한 사람이라도
없으면 안 돼요. 하지만 보통은 각각 자기가 한 일만 알아요.

　　자신의 관점에서만 먼저 보게 되죠.

쇼 호스트는 모두가 준비해 놓은 내용을 생방송에 풀어 내면서
영혼을 다 끌어내야 해요. 개인적인 면모도 나와야 하고 그
순간에만 나올 수 있는 이야기를 센스 있게 선별해야 하고요.
그런 것들이 상품의 매력을 더 보여 줄지 그 반대일지, 그건
아무도 몰라요. 그때그때 즉흥성에 맡길 수밖에 없으니까요.
만일 쇼가 잘되었으면 모두가 박수를 치죠. 그러면 제 입장을
가장 먼저 생각하게 되더라고요. 〈다행히 내가 필요한 표현을
빼놓지 않고 했고, 또 옆의 쇼 호스트와 호흡도 아주 좋았다.
우리가 너무 잘했다.〉 늘 그런 생각으로 방송 후 회의실에
들어갔어요. 그런데 요 근래에 느낀 것은 좀 달라요. 진짜로
가장 먼저 칭찬받아야 하는 사람은 PD와 MD들이고, 그리고 그
옆에서 일을 세밀히 진행하고 조정해 준 스태프들이라는 것을

깨달았어요, 내가 아니라요! 이 상품, 조건, 딸려 오는 사은품들을 준비해 줘서 잘할 수 있었죠. 그런데 여태껏 너무 나만 있었던 거예요. 이 세계가 새로운 곳이다 보니 내가 해내야 하는 것에만 몰두해 있었어요. 이제는 좀 익숙해지니까 옆이 보이는 거예요. 모두가 그럴 거예요.

지금까진 내 앞에 주어진 일을 잘해 내는 것만으로도 많이 벅차고 어려웠는데, 이젠 자연스러워지고 여유가 생기니 주변이 보이게 되었네요. 저 사람도 나도 각자의 자리에서 똑같이 열심히 했다는 것을 그대로 인식했다는 것이네요.

그렇죠. 그걸 알기까지 저도 시간이 걸렸어요. 반대의 입장이 되어 보니 알게 된 거죠.

모두가 당신처럼 생각하면 좋겠지만, 보통 이럴 때 많은 이들은 〈왜 알아주지 않을까? 왜 나를 바보처럼 만들까?〉 하는 생각에만 빠져요. 이런 부정적인 생각들을 어떻게 소화해야 할까요?

괜찮다는 것! 우리가 바보가 되어도 괜찮다는 것! 그렇게 한번 합시다. 우리 바보가 되어도 괜찮아. 다른 사람이 좀 더 챙겨도

돼요. 내 자신만이라도 내가 뭘 했는지를 알면 그것으로
충분해요. 나를 바보라고 생각하면 뭐가 어때요? 그럴수록
나에게 많은 총알이 생긴다고 생각해요. 상대가 날 바보로
생각하는 건 날 너무 몰라서잖아요? 언젠가 때가 되면 이 사람도
뭔가를 알게 되는 순간이 올 수 있다는 거예요. 인생은 그래요.
그런 코믹한 순간이 있어요. 뒤통수를 맞는 순간일 수도 있고,
자기 자신이 부끄러워지는 순간일 수도 있고, 입장이 완전히
반대가 되는 순간일 수도 있어요. 그런데 그런 것까지
기대하거나 생각하지는 말아야 해요. 그냥 편하게 〈나 바보
되어도 괜찮아! 한참 더 내려놓자!〉 저는 상대가 나를 정말로
모자란 사람으로 생각하게끔 해보자는 마음도 있어요.

사람마다 자기가 가야 할 길들이 있어요.
어떤 사람은 이만큼 성숙했고, 어떤 사람은
그에 못 미치게 성숙해 있고, 다 다르겠죠.

〈바보가 되어도 괜찮다〉라는 것에는 전제 조건이 있는
것 같아요. 내가 나한테 만족스러운 사람이 되어야
하는 것. 용산 국제 학교 설립 때 스스로 최선을 다하고
있다고, 잘하고 있다고 생각했죠. 어떤 일에 게으름

피우지 않고 최선을 다했다면 그 결과가 어떻더라도 당당할 수 있어요. 누가 아무리 그 과정이나 성과에 대해 과소평가를 하더라도, 그 과정을 잘 걸어온 사람은 모든 것에 대해 할 말이 있고 만족감도 느끼고요.

맞아요. 사람마다 자기가 가야 할 길들과 방식들이 있어요. 어떤 사람은 이만큼 성숙했고, 어떤 사람은 그에 못 미치게 성숙해 있고, 다 다르겠죠. 상대방이 나에 대해 어찌 생각하던, 각각의 성숙도에 따라 나를 보는 눈도 달라요. 저는 〈나를 깎아 내려도 괜찮다. 그 사람한테 바보가 되어도 괜찮다〉라는 생각을 늘 하는 것 같아요.

상대가 어떻게 생각하든, 별 상관이 없다는 뜻으로 받아들여져요.

맞아요. 상대방이 나에 대해 뭐라고 생각하던 실은 상관이 없어요. 어찌 보면 뻔뻔한 것일 수도 있어요. 하지만 다른 사람 의견이 중요하지 않다는 건 아니에요. 내 자신이 충분히 채워져 있으면 내가 바보가 되어도 괜찮다는 거예요.

남들이 나를 어떻게 생각해도 괜찮다. 기본적으로 〈저

사람은 저 사람이고, 나는 나다〉?

맞아요. 다 다르죠. 그렇게 서로 다름을 존중하고 인정해요.
앞서 말했던 사과와 오렌지처럼요. 상대에게 동의를 못 받을 수
있다는 것도 늘 생각하죠. 동의나 인정을 꼭 받고 싶다는 마음을
많이 내려놓은 것 같아요. 상관이 없다는 것은 아니에요. 그저
그 순간 저에게 물어보죠. 〈뭐지? 내가 잘못 생각한 게 있나?
내가 마음을 더 열어야 할 부분이 있나?〉

　　　내가 부족한 상태에서 부정적인 피드백을 받으면
　　　기분이 나쁠 수 있는데 그럴 때는 어떤가요?

내 스스로 만족이 안 되었는데, 하필 그럴 때 주변의 평가도 안
좋아요. 예를 들면 열심히 최선을 다했는데, 응원이든 칭찬이든
긍정적인 반응이 나올 줄 알았는데 아무런 반응이 없어요.
아무도 내가 원하는 말을 해주지 않아요. 오히려 내가 한 일이
좋지 않았다는 뉘앙스가 느껴져요. 그럴 때는 나에게 물어봐요.
내가 먼저 최선을 다했는지를. 그리고 또 물어요, 내가 저
사람들에게 칭찬받고 싶은 것인지를.

　　　복잡한 마음을 단순하게 정리하는 편이군요.

우리는 플러스 알파로 필요 없는 것까지 다 떠올리고 생각하게 되거든요. 그런 순간에는 나의 실망과 콤플렉스가 나오기 쉬워요. 그래서 부수적으로 딸려 오는 그런 생각, 상상, 걱정들을 너무 순수하게 대하면 안 돼요. 마인드 컨트롤이 필요해요. 이 생각, 저 생각으로 내가 둥둥 떠다니면 어느 순간엔 다른 나라까지 간다고요! 그럴 필요는 없어요. 중요하게 생각하고 짚어야 할 포인트를 다 놓쳐요. 그건 일에서뿐만 아니라 가족 관계에서도 그렇고 친구 관계에서도 그래요. 첫 번째, 쓸모없는 생각에 사로잡혀 너무 멀리 가지 말자. 두 번째, 내게 부족한 것이 뭐였는지 다시 생각해 보자. 두 번째 과정이 특히 중요하죠. 나를 돌아보는 계기로 삼는 것인데요. 〈내가 알아차리지 못하는 것이 있나? 그럴 수도 있다. 나의 부족한 점을 인정하자. 늘 겸손함을 가지자.〉 조금 아프지만 그런 불편한 단계로 갈 준비가 되어 있어야 해요.

불편한 단계?

내가 듣고 싶지 않은 이야기를 들을 시간이죠! 내가 일을 한다는 것은 우리를 표현하는 것이잖아요. 그 일의 결과가 나의 모습이죠. 그 결과는 우리가 선택한 관점이에요. 그런데 내가 선택하고 지켜 왔던 관점을 바꿔야 하는 과정이 있을 거란 뜻이에요. 이미 올인을 했는데, 그걸 다시 이쪽저쪽 틀어 보는 과정, 그것이 불편해요.

그 자리에서 변명하고 부정할 것이 아니라
살아가면서 내가 더 꼼꼼하고 더 자상하게
해나가야겠다는 기운이 생기더라고요.

마음을 열고 새로운 관점을 수용하는 것, 그리고 내가
생각하지 못했던 것을 받아들여야 하는 것, 결국은
나의 부족했던 점을 인식하는 단계네요.

그렇죠. 우리는 배움을 위한 공간을 마음속에 항상 준비해
놓아야 해요. 마음속의 여유 공간이 있고 없음은 인간 관계
속에서도 중요하고 일하는 중에는 꼭 필요해요. 그건
윗사람이든 아랫사람이든 똑같아요. 우리는 위로든 아래로든
내가 생각하지 못했던 이야기를 들을 공간을 비워 놔야 해요.
만일 윗사람으로서 아랫사람에게 어떤 말을 들을 때라면 〈내가
경력이 더 많은데, 이 사람은 경험에 한계가 있으니 이런 말을
하지〉라는 편견을 버려야 해요. 어떤 이야기라도 그 속에서
우리가 놓치기 쉬운 보물이 있어요.

나에 대한 주변의 관점을 인정하면 누구와 일을 하더라도 편할 텐데요. 보통 체면을 중요시하죠.

네, 그런데 완벽해 보이는 이들도 각각의 인생에 실수들이 있다는 것을 알면 좀 편해져요.

실수를 했을 때, 겸손하게 인정하는 사람이 있는 반면 명백히 다른 이들을 불편하게 했음에도 불구하고 잘 모르거나 인정하지 않는 사람이 있어요.

네, 그렇죠, 그 사람의 안타까운 한계이죠. 그래서 그런 모습을 보면 우리부터 연습해야 한다는 것. 분명히 나도 누군가에게 그런 모습을 보였던 적이 있었을 테니까요. 타인만 단점이 있는 게 아니에요. 우리가 남의 모습은 참 잘 봐요. 잘도 판단해요. 저 사람은 참 안타깝다고 생각해요. 그때 그 시선을 재빨리 나에게도 돌릴 줄 알아야 해요. 〈나도 저런 순간이 있겠지? 그런 《기회》가 온다면 나는 어떻게 다르게 행동할까?〉 누군가를 보고 불편하다면 그때부터 저는 상황을 바꿔서 생각해요. 저런 모습을 보이지 않으려면 난 어떤 마음이어야 할까? 그렇게 연습해요.

〈타인은 나의 거울이다〉라는 멋진 말이 있죠. 다른

사람의 실수나 좋은 점을 통해서 나를 되돌아본다는
말이 될 텐데, 그런 것을 말로만이 아니라 직접
연습하고 실천하고 있어요. 공평해야 한다는 생각에서
시작해 다양한 가치관 속에서도 나의 만족감을 챙기는
것, 그리고 그것을 에너지 삼아 겸손함을 지키는 것, 또
늘 타인을 통해 나를 돌아보는 연습을 하는 것, 그런
과정을 쭉 이야기했어요.

바보가 되어도 괜찮다는 말은 계속 강조하고 싶어요. 만일 다른
사람의 판단으로 내가 모자라다면, 그때 제 안에서는 〈더 열심히
그리고 반듯하게 계속 나의 생각들을 더 다듬고
노력해야겠다〉는 원동력이 생겨요. 그 자리에서 변명하고
부정할 것이 아니라 살아가면서 내가 더 꼼꼼하고 자상하게
해나가야겠다는 기운이 생기더라고요.

누군가의 평가에 기분이 나쁘거나 거기에 함몰되지
않고 오히려 그것을 나를 발전시키는 연료로 삼는다는
것이군요.

네. 맞아요.

홈 쇼핑 생방송 전 마지막까지 스튜디오에 진열된
물건들을 다 같이 확인한다.

하루가 달라질
그 한마디,

놓치지 않아요

4년을 함께 해온 「굿라이프」 팀에게 늘 선물을 받는 기분이다.

캐나다 상공 회의소의 다양한 행사에 참석해 많은 이들을 만나고 연결짓는 일을 한다. 캐나다 연방 탄생 150주년 기념 바비큐 파티.

상대에게 느낀 좋은 점을 나 혼자만 알고
지나가기엔 너무 아깝잖아요. 그 사람에게 큰
기쁨을 줄 수 있는데요.

나부터 그 당연함을 짚어요.
〈그거 너무 괜찮았어!〉 하고 직접 이야기하면
그 사람의 하루가 달라질 수 있어요.
그걸 왜 놓쳐요?

당신의 대화법을 보면서 늘 상대에 대한 관심이 있고,
작은 것 하나라도 꼭 긍정적인 표현을 하고
넘어간다는 생각이 들어요. 아무리 사소한 것이라도.

저에게서 그런 인상을 받았다니 참 감사한 일이네요. 그것도 늘
마음속에 품고 있는 연습 중 하나예요.

보통은 쑥스러워서 굳이 그런 이야기를 잘 안 하게
되는데요, 그걸 표현하는 데에도 이유가 있나요?

상대에게 느낀 좋은 점을 나 혼자만 알고 지나가기엔 너무
아깝잖아요. 그 사람에게 큰 기쁨을 줄 수 있는데요. 제가 하는
연습 중 하나가, 아무리 당연한 것이라도 그냥 지나치지 않는
것이에요. 나부터 그 당연함을 짚어요. 나에게는 당연하지
않았다는 것이죠. 〈그거 너무 괜찮았어!〉 하고 직접 이야기하면
상대방이 놀라면서 기뻐해요. 그 사람의 하루가 달라질 수

있어요. 또 그리고 관계가 새로워질 수도 있고요. 그걸 왜

놓쳐요?

어떤 식으로 표현하는지 궁금해요.

서울 외국인 학교에서 일할 때 만난 한 분이 있어요. 앨런

노벰버라는 유명한 교육자예요. 교육학에 대한 중요한 메시지를

전하는 유명한 선생님이죠. 2010년이었고, 1천 명 이상이 모인

동남아 어느 나라의 한 학교에서 열린 워크숍이었어요. 그분은

교육계에서 유명한 인플루언서이고 유능한 교수이자

강연자이기도 했어요. 강의가 끝나면 다들 일어나서 박수 치는,

대단한 분이죠. 그날 강의 마치고 그분에게 갔어요. 뭐 대단한

이야기를 하러 간 건 아니었어요. 제가 말한 건 단순했어요.

〈하이 앨런, 당신의 강의를 뜻깊게 들었어요. 내가 따로 만나고

싶었던 이유는 당신이 정말 스페셜하다고 말해 주고 싶어서요〉

하면서 좋았던 점 몇 개를 말했어요. 보통 강당 뒤에서 만나게

되면 〈반가워요. 오늘 좋았어요〉 이러고 말죠. 하지만 아무리

강의를 잘하는 사람도 자기가 어땠는지를 알고 싶어 해요. 〈내가

잘했나? 오늘 좀 그랬나? 느낌이 어땠을까? 청중들이 실감을

했을까?〉 하지만 아무도 그에 대한 이야기를 안 해요. 왜냐면

잘한 것은 당연하니까요. 그리 유능한 사람에게 청중 하나의

단순한 말이 뭐 필요할까? 라고 생각하죠. 그런데 우리 인간은

다 필요해요, 〈확인〉요.

　　　　그분의 반응은요?

제 말을 듣던 그분이 자기 짐을 막 거두던 손을 멈추고 저를
보더니 대뜸 이렇게 말해요.
「당신은 어느 날 굉장히 유명한 사람이 될 거 같아요. 평범한
우리랑은 달라요.」
그러면서 〈혹시 지금 같이 점심 먹을까요?〉 하더라고요. 대형
워크숍이니까 모두 같은 장소에서 식사하는 자리가 마련되어
있었어요. 그래서 〈좋죠〉라고 했죠. 식사를 하면서
그러더라고요.
「당신 같은 사람은 어느 날 『타임』 잡지 표지에 나올
사람이에요, 무엇 때문이든지요. 난 그런 영감을 받았어요.」
뜬금없이 그러기에, 이 사람 참 웃긴다 싶었어요.

　　　　그 사람은 수많은 강의를 하면서 많은 이들을 봤을
　　　　텐데 그렇게까지 찾아와서 말하는 사람은 많이 없었나
　　　　봐요. 하긴 그러려면 많은 에너지와 자신감이
　　　　필요하다고 생각해요.

그때부터 연락을 주고받는 사이가 되었어요. 한번은 우리

학교에 초청한 적도 있어요. 이분은 계속해서 발전하고 있는 인터넷 테크놀로지를 이용한 교육에 굉장히 앞선 비전을 가진 분이었어요. 우리 학교 교육자들도 원했어요. 〈오 마이 갓, 앨런 노벰버!〉 하면서 다들 난리였어요. 첫 만남 이후 개인적으로도 연락을 하게 된 사이니까, 추진을 해봤죠.

　　　　최근에도 연락을 하나요?

그 이후로도 자신의 활동을 저에게 공유해 주곤 했어요. 그러고 보니 그분과 연락을 안 한 지 꽤 되었네요. 미안하게도 2017년 마지막이에요. 이 기회에 연락하면 반가워할 거예요.

　　　　그렇구나! 그렇게 한마디로 새로운 인연을 직접
　　　　적극적으로 만들어 가기도 하는군요!

그분의 말로는 학교의 세계가 저에게는 너무 작대요. 그 이야기가 인상적이었어요.

　　　　짧은 만남이라도 그것을 발전시키는 방법, 좋은 점을
　　　　발견하면 그 점을 꼭 말로 표현하는 그 방법은 습관이
　　　　되면 확실히 도움이 될 것 같습니다. 오늘 인터뷰
　　　　시작할 때도 제 헤어스타일이 변화된 것을 알아보고

표현해 주었어요. 늘 당신은 상대방의 디테일한
모습을 관찰하고 좋은 것이 있으면 그걸 집어서
대화를 만들어 가는 편이에요.

맞아요. 습관적으로 그냥 잘 봐요. 관심도 있고요.

우리가 더 신뢰하고 의지할 만한 사람이
되어 갈수록 그런 상황은 더 많이 생겨요.

칭찬하는 방법을 나름대로 가지고 있을 것 같아요.

인간이라면 누구나 관심을 받고 싶어 해요. 싫어한다고 말하는
사람도 있지만, 그렇게 말하는 사람조차 작은 것 하나라도 집어
말해 주면 분위기가 자연스러워지죠. 보통 자신을 향한 관심을
좋아해요. 아무리 자신감이 있는 사람이라도, 아무리 잘난
사람이라도 칭찬이 필요해요. 완벽한 자신감을 가진 사람은
어디에도 없고, 모두 어느 정도는 자신이 부족하다고 생각해요.
그래서 자신에게 관심 주는 말을 하나라도 들으면 거기서부터
좋은 에너지가 나오죠.

누구든 그 사람의 매력이나 장점을 파악하고 그것을
한마디라도 가볍게 표현한다는 것이죠?

네, 절대로 그냥 지나가지 않아요. 본능적으로 나올 때도 있어요.
하지만 누군가는 정말 노력해야 하는 일일 수도 있어요. 그래서
의식적으로 상대방의 좋은 면이 보이면 꼭 표현해 보길 권해요.
좋은 이야기든 짧은 생각이든 그걸 그냥 혼자서만 두고
있으면요, 그게 너무 아까워요. 상대방이 들으면 그 사람의 기분
좋은 하루를 만들 수 있는데, 왜 그걸 아껴요.

쉬운 것처럼 보여도 마음이 바쁘면 그것도 놓치게
되는 것 같아요.

저는 방송 전날인 금요일에 가장 마음이 바빠요. 가족들도
알아요. 제게 집중할 시간을 줘야 한다는 것을. 저번 금요일은
새로 론칭하는 제품 방송을 앞두고 있어서 평소보다 더 마음이
바빴어요. 새롭게 보여 주는 물건이니 제대로 전달은 될지,
우리가 목표한 만큼 성과가 날지 등을 생각하는 것이죠. 설명할
때 심의에 걸릴 단어들도 피하도록 기억하고 있어야 하고요.
어느 날은 유독 두 아들과 남편이 저를 찾아요. 특히 남편은
자기가 직접 만든 미니어처를 다각도로 찍어서 사진을
보냈어요. 그러곤 집에 와서 사진이 어떠냐고 물어봐요. 다음 날

일 때문에 정신없는 저에게요.

「내가 만든 거 어때?」

「너무 대단하지.」

「그런데 왜 아무 말이 없어?」

「너무 멋있다고 이미 답장도 했는데?」

그러면 남편은 또 아이들에게 가서 의견을 물어봐요. 저는 하루가 정말 바빴고 내일 방송 때문에 정신이 없는데, 그런 것과 전혀 상관없이 남편은 제게 필요한 것을 찾아요. 아들은 아빠의 자랑이 금방 끝나지 않을 걸 직감하고 말이 길어지기 전에 잠이 들었고. 그래서 제가 한 시간 동안 그 미니어처에 관해 질문하면서 이야기를 나눴어요. 하지만 제 마음은 거기에 있지 않았어요. 그래도 일부러 자세히 물어봤어요. 내가 여유 없는 와중에 일을 또 하나 맡은 거죠. 이건 단순하고 단편적인 사례지만, 이런 일들은 한곳에서만 이루어지는 게 아니라 우리의 인생에서 계속 일어날 거예요. 가족 안에서도, 친구 사이에서도, 회사에서도요. 우리가 더 신뢰할 만하고 의지할 수 있는 사람이 되어 갈수록 그런 상황은 더 많이 생겨나요.

〈굳이〉라는 것이 장애 요소인 것 같아요.

칭찬이나 관심을 쑥스럽게 느끼는 사람이 있어요.
표현하는 것도, 표현 받는 것도요. 〈남들에게 많이
들었을 텐데 굳이 나까지 뭐 그런 이야기를 해?〉

그 〈굳이〉라는 것이 장애 요소인 것 같아요. 우리는 스스로가
얼마나 초라한 존재인지 알아요. 그래서 사소한 것일지라도
칭찬을 들으면 기분이 좋아지죠. 남들도 마찬가지예요. 칭찬을
해도 반응이 없는 사람이 많아요. 하지만 돌아서서는 〈나에
대해서 이렇게 생각하는구나〉 하면서 좋아해요.

　　당신은 칭찬을 받았을 때 어떻게 반응하나요?

칭찬을 받았을 때 또 너무 감사하다고 넙죽 받아들이면 오해할
수 있겠다 싶을 때가 있어요. 하지만 저의 색깔을 같이 녹여
표현하고 싶기도 하죠. 그래서 자주 이렇게 말해요. 〈아,
고마워요, 사실 그렇게 되고 싶어서 많이 노력했어요.〉 이 말에
저의 솔직함과 순수함을 담아요. 그러면 칭찬을 해준 상대도
〈아, 저 사람이 노력하는 그 모습을 내가 잘 알아보았다.
이야기하길 잘했다〉고 생각하지 않을까요? 그렇게 한마디한
것이 아깝지 않다는 그 느낌을 주고 싶어요.

　　칭찬한 상대에게까지 기분 좋은 느낌을 되돌려 주고

싶어 하는군요. 지금까지 이야길 하면서 느낀건데 〈연습한다〉는 말을 많이 써요. 〈강주은의 연습〉이라고 해서 어떤 연습을 몇 가지나 하는지 정리해 보고 싶다는 생각이 드네요. 그러고 보니 첫 책 인터뷰 때 멋진 미소를 가지고 싶어서 연습했다는 이야길 했죠. 오늘도 사람의 장점을 보고, 그것이 당연한 것이라도 말로 짚어 주는 연습을 한다고 하고요.

그렇죠! 엄마가 차려 주시는 밥 한 공기도 당연히 생각하지 않겠다는 것이에요. 상대방의 입장을 늘 생각하고 그 과정에서 감사를 느끼고 또 그 마음을 표현까지 하는 내가 되려고 연습해요.

연습이라는 것이 어떻게 이루어지나요?

남편과 아침마다 용산 가족 공원으로 산책을 나가요. 반려견과 같이요. 거기 갈 때마다 마주치는 까만 고양이가 있어요. 어린 아기인데, 그 고양이가 다니는 길에 조그만 과자들이나 먹이가 놓여 있더라고요. 강아지 먹이는 아니었어요. 반려견과 거길 지나면서 왠지 이걸 궁금해할 것 같아서 냄새를 맡아 보게 했어요. 한두 알 먹어 봐도 괜찮지 않겠어요? 그랬는데 남편이 화들짝 놀라면서 큰 소리로 〈그거 아니야. 주지 마!〉 하더라고요.

그래서 〈왜? 이거 먹으면 안 되는 거야?〉 했죠. 그랬더니 대답이 이래요.

「아니, 이건 고양이 먹이지, 우리 개가 그걸 먹으면 어떡해? 고양이가 먹을 게 얼마나 있다고. 그냥 그거 둬. 그 아이도 먹어야지.」

내가 그 순간 얼마나 웃었는지요. 난 무슨 1억 정도 되는 돈 빼앗길까 봐 쫓아오는 사람인 줄 알았어요. 그 반응이 심각하더라고요. 순간 반성을 했어요. 맞아. 바로 이거야. 아이의 마음이 이런 것이죠. 제 남편은 있어요. 제가 많이 반성하고 늘 배우고 있어요. 그 투명성이 가끔 너무 멀리 갈 때도 있어요. 그런데 그 면모가 오히려 제게 자극이 돼요. 저는 세속적이에요. 계산이 빨라요. 눈치도 잘 보고 맞춰요. 그런데 남편은 그걸 안 해요. 그래서 그런 모습을 보고 남편과 저 사이의 밸런스를 다시 찾게 돼요. 〈그래! 이 먹이가 누구건데! 이 까만 고양이 것이지.〉

하하. 남편의 엉뚱한 그런 모습에서도 영감을 받고 나를 돌아보는 시간을 가지며 마음을 다잡는군요. 그렇게 반성하고 되새기는 것을 〈연습한다〉고 표현하는군요.

〈나이 오십이 되었는데 내가 뭘 모르겠어?〉 이런 자세가 아니라는 거예요. 〈길 가다가 우연히 만난 다섯 살 꼬마 아이도 내게 가르쳐 줄 수 있다〉는 그런 마음이요. 그런 마음가짐을 준비해야 해요. 어느 순간이라도 의미가 있다는, 가치가 있다는 것을 깨닫도록요. 그게 연습이에요. 그 순간의 가치를 알아보지 못하고 그냥 넘어가 버리면 그건 참 슬퍼요. 그게 사람에게도 적용이 되죠. 누군가에게서 좋은 점을 더 잘 발견하고 싶고, 그 가치를 나라도 알아채고, 꼭 이야기해 주고 싶어요.

남편과 당신은 꽤 다르지만 또 강력히 연결되어 있어요. 이런 일상의 산책길에서도 영감을 주고받는 것이죠. 이것도 소통의 기술 중 하나인데, 〈오픈 마인드〉예요. 무엇이든 귀담아 잘 듣고 있어요.

그 사람이 궁금하니까. 어떻게 생각하는지 궁금하니까. 미안해요. 항상 우리 토픽에서 벗어나가서요.

아니에요. 이런 대화를 통해 소통에 대한 생각을 찾아 나가는 거죠. 〈나는 이런 원칙이 있어요〉 하면서 정확히 정리해서 적어 두고 살진 않잖아요. 그렇게 잘 정리가 되어 있으면 좋겠지만, 삶 속에서 너무 자연스럽게, 나도 모르게 행하고 있었던 일관된 행동이나 사고들. 이것을 찾아가는 것이 더 의미가 있다고 생각해요. 그런데, 아직 인터뷰 초반인데 정말 에피소드가 끊임없어요! 바로 당신의 성격 때문인 것 같아요. 그냥 넘길 수도 있는 작은 일들, 아르바이트 했던 일, 뜻밖의 칭찬, 드러내기 어려운 손해의 순간, 이런 것들을 삶 속에서 잘 활용하는 기술이 있네요.

뭐라도 의미 없이 지나가면 섭섭하고 슬퍼요. 작은 것 하나라도요. 우리가 여러 가지 일을 겪으면서 성숙해져 가지만 그만큼 순수한 어린아이의 시각은 점점 사라지잖아요. 하지만 〈어린아이의 자세를 가져야 한다〉는 그 메시지가 제 마음속에 늘 있어요. 아이스크림을 보더라도 처음 내 손에 직접 가져 봤던 그 순간을 잊고 싶지 않아요. 성인이 된 지금은 만져 볼 거, 먹어 볼 거, 경험해 볼 거 다 했으니 그 최초의 감동이나 설렘이 많이 무뎌져 있잖아요. 그럼에도 새 판이 펼쳐진 듯 살고 싶은 마음이 늘 있어요. 그런 마음처럼 그 한순간의 가치를 무심히 지나치지 않는 내가 되면 좋겠다, 그게 제가 지키고 싶은 마음이에요.

토요일 홈 쇼핑 생방송을 위해 금요일은 조용히
집중하는 시간이 필요하다.

지나가는
이야기를

그냥 흘리지 않아요

서울 외국인 학교 대외 협력 팀에서 많은 일을
해냈다. 우리는 모든 것을 개척해야 했고, 많이
배워야 했지만 무엇보다도 서로 믿고 있었다.

나는 팀의 책임자였고, 어떤 일도 팀원들과
같이할 준비가 되어 있었다. 그야말로
팀워크가 늘 중요했다.

늘 저의 느낌을 표현하려고 노력해요.

최대한 자연스럽게요.

THE BANNER

THE OFFICIAL PUBLICATION OF SEOUL FOREIGN SCHOOL

A Welcome to Mr. Colm Flanagan
SFS 4th Head of School

OCTOBER 2014 · VOLUME 8, ISSUE 1

1년에 두 번「굿라이프」팀을 집으로 초대한다. 정성을 다해 직접 만든 음식을 나누며 서로 수고했다며 격려하는 자리를 가진다.

서울 외국인 학교 재직 당시 우리 팀의 기획 아래 직접 발로 뛰어 내용을 채운 학교 잡지이다. 1년에 3회 발행되었다.

같이 일하는 사람의 의견을 잘 수용하고,
평등하게 일하는 문화를 만들려고 노력해요.

어제 「굿라이프」, 잘 진행했나요?

어제 성공이었어요. 또!

「굿라이프」는 항상 〈완판〉인가요?

거의! 처음 시작했을 때와는 실적이 완전히 달라졌어요.

항상 소비자들의 마음을 어떻게 사로잡을지에 대한
아이디어 회의를 같이 하나요?

그렇죠. 요즘 SNS 보면 화려한 사진들이 인기가 좋죠. 예를
들어 친구의 계정에서 애프터눈티를 즐기는 사진을 봐요.
다양한 케이크가 있고 과자와 빵도 있고, 아름다운 찻잔이
보이죠. 그런 그림을 보면 그 자리에 앉아서 즐겨 보고 싶다는
마음이 생기잖아요. 또 다른 예로, 누가 요리한 사진을 보면
나도 한번 만들어 보고 싶다는 생각이 들죠. 멋진 여행 사진을
보면 어딘가로 떠나고 싶다고 생각하고, 누구에게나 그런

마음이 있죠. 왠지 모르게 나도 그와 비슷한 물건을 사거나 사진을 보면 동참한다는 그 느낌. 그 대리 만족감을 저도 늘 느끼거든요.

그 포인트를 생각하는군요. 방송을 보면 강주은의 라이프 스타일이 자연스럽게 보여져요. 모든 것이 계획된 정확한 생방송을 하면서도 이상하게 당신의 분위기가 잘 살아나는 것을 느껴요.

그런가요? 고마워요. 늘 저의 느낌을 최대한 자연스럽게 표현하려고 노력해요. 그래서 내가 그 물건을 직접 사용하지 않았으면 당당하게 방송을 할 수가 없어요. 협력사들은 저에게 물건을 그냥 보내 줘요. 그런데 저는 제 돈을 주고 사서 써야 당당하게 소비자들에게 소개할 수 있어요. 어제는 건강 보조 식품을 방송했어요. 현장에 가면 얼마나 그 제품이 많아요. 비싼 병들로 스튜디오가 꽉 차요. 방송 중에 하나를 열어서 거기서 세 알을 직접 꺼내서 먹는 모습을 보여 드렸어요. 그날 방송의 결과는 목표 2백 퍼센트 달성이었고, 협력사가 기뻐했어요. 방송을 마치고 제 소지품 다 챙겨서 스튜디오에서 나서는데 그 협력사 팀이 밖에서 다 기다리고 있더라고요. 제가 방송 중에 직접 딴 병을 가지고 나가면서 〈제가 이건 가지고 가도 될까요?〉 하고 허락을 구했더니 다들 웃더라고요. 실은 그 물건까지도

파는 상품이잖아요. 홍보에 쓰였다고 해도 다 돈이죠. 방송 후
팀 회의하면서 나눠 먹었어요. 그런 건강 식품은 처음 소개받을
때 샘플을 받아요. 그럴 때 협력사에서는 항상 제게 많이 주려고
해요. 그때 저는 일부러 하나만 받고, 나머지는 직접 구매해요.
누구라도 그런 제품은 다 가지고 싶잖아요. 같이 일하는 사람이
얼마나 많은데 저만 많이 받을 수 없죠. 그런 자리에서도 챙겨
가지 않아요. 하지만 그러기가 너무 쉬워요. 저는 방송 작가를
제일 챙겨요. 그분이 꼭 경험해야 하거든요.

그래야 여러 가지 이야기와 상황을 대본으로 만들어
낼 테니까요.

과거에는 작가들을 챙기는 사람이 없었어요. 다들 알아서
하라는 거예요. 접시 팔면서 그 접시를 직접 써보지도 않고 그냥
대본을 써야 하는 거죠.

실제로 사용했을 때에야 진정한 표현들이 나올 텐데.

당연히 달라지죠. 쇼 호스트도 메인이 아니면 마찬가지였어요.
저랑 같이 진행하는 쇼 호스트도요, 그 20년 넘는 경력자가 직접
팔아야 하는 디너웨어를 한둘 밖에 가지고 있지 않더라고요.
있어도 다 짝짝이고. 쫀쫀하다는 생각이 들었죠. 우리가 앞으로

계속해서 팔 물건이고, 「굿라이프」의 시그니처 제품 중
하나니까 이걸 더 강력하게 밀어야 하겠더라고요. 그래서 제
파트너인 쇼 호스트와 작가에게 풀 세트로 선물했어요.

　　　직접 사서요?

네, 제가 여기서 급여를 제일 많이 받아요. 우리 팀을 위한
투자라는 생각을 가지는 거죠. 그만큼 여기에 더 힘을 실을 수
있고요. 그래야 실제로 방송할 때 소비자에게 진심이 전달돼요.

　　　〈쫀쫀하다〉는 표현이 재밌는데요, 그런 느낌을 받으면
　　　마음 편하게 일을 할 수 없죠. 믿고 투자하겠다는
　　　생각이 전달되어야 일하는 사람도 더 자신감을 가지고
　　　적극성을 띠게 되는 것 같아요. 그런 점을 잘 아는
　　　리더군요.

제게 새로운 이 홈 쇼핑이라는 세계가 어떤 개념인지 이해하는
데 시간이 걸렸어요. 어떻게 하면 이 시스템 안에서 우리만의
신뢰와 문화를 가지고 일할까? 어떻게 하면 나의 향기가
스며들까? 그것이 나의 숙제였어요. 분명히 운용되는 기존
시스템이 있어요. 시스템 안에 있되, 나라는 사람이 특별히
여기로 가져올 것이 뭘까를 고민하는 것이죠. 저는 어느 세계에

들어가더라도 역할을 찾아요. 처음 「굿라이프」를 시작하고부터 매해 스태프 모두를 저희 집으로 초청해요. 6월과 10월, 1년에 두 번씩 하고 있어요. 열다섯 명이 와요. 가을 즈음 옥상에서 벽난로에 불을 피우면 분위기가 좋아요. 새로 들어온 PD가 지난 10월에 처음 그 파티에 왔어요. 경력이 많은 그 PD가 들어오고선 실적이 확 올라갔어요. 제가 편안하게 일을 하게끔 자리를 더 잘 만들어 줬고요. 이 PD가 처음 저희 집에서 와서는 웃으면서 그러더라고요. 어떤 홈 쇼핑 호스트가 함께 일하는 모두에게 이렇게까지 정성껏 대접을 하느냐고. 집에 초대해서 자기 손으로 음식 만들고, 이렇게 극진하게 대접해 주는 경우는 없었다고요.

진심이 잘 전달되었나 봐요. 하긴 나의 공간, 시간, 노력, 정성이 한 번에 표현되는 일이니까.

코로나19 때문에 작년 10월 이후에는 못했지만, 올 6월에 할 수 있는지 분위기를 봐야겠어요. 학교에서 일했을 때도 그랬어요. 1년에 한 번씩은 임원들을 집에 초청해서 파티를 했었고요. 포르셰 클럽도 마찬가지였어요. 캐나다 상공 회의소에서도 그랬고요. 「굿라이프」는 1년에 두 번이에요. 그게 제가 할 수 있는 최고의 정성이라고 생각해요.

흔한 일은 아닌 것 같아요.

부모님을 보고 자라서 그런 것 같아요. 교인들을 초대하면
아버지는 바깥에서 고기를 구우셨어요. 어릴 때부터 그런
모습을 봐왔기 때문에 그런 대접을 즐기는 것 같아요.

리더는 팀원들을 한마음으로 모으는 과정에 힘을
쏟아야 한다고 생각해요. 한편으로는 집에 초대한다고
했을 때 그 의도를 순수하게 받아들이지 못하는
사람도 있을 것 같은데요. 아, 이렇게 사는구나.
자랑하고 싶구나. 얼마나 음식을 맛있게 하는지 좀
보자.

그런 사람도 있을까요? 내가 너무 혼자 신나가지고 그런 것을
모를 수도 있어요. 하하. 잘 모르는 사람을 초청했을 때는 그럴
수도 있어요. 그런데 긴밀하게 일하는 사람들과는 이미 어느
정도 신뢰가 있어요. 내가 만약 나만 아는 사람이고 일할 때도
나의 의견만 중요한 사람이라면, 샘플 물건이 들어오면 당연히
제일 먼저 그리고 제일 많이 챙겨 가는 사람이라면 당연히 그런
생각하겠죠. 그런 내가 파티를 열면 〈자랑 파티〉죠.

깊게 신뢰 관계가 쌓이지 않았는데 상사가 집에

초대하면 부담스러울 것 같아요. 이 팀을 잘 이끌어
가는 것은 평소에 할 일이지 파티를 한다고, 회식을
한다고 갑자기 되는 건 아니니까요.

아무리 좋은 의도라고 해도 받는 사람 입장도 편해야 하고
부담되지 않게 하려고 많이 생각해요. 처음엔 조금 더 친해지기
위해서였지만, 저는 해마다 두 번씩 꾸준히 초청했어요. 그렇게
하니까 다들 자연스럽게 받아들이는 것 같아요. 한 번만 딱 보여
주고 마는 게 아니고, 저도 같이 일하면서 수고했다는 나만의
격려를 꾸준히 하는 거예요.

그렇군요. 팀의 문화는 한 번에 생기는 게 아니니까요.
일관적이고 동일한 마음으로, 시간을 길게 두고
지속적으로 해나가는 것이었네요. 지속적으로 한다는
것은 에너지가 들고 장기적인 시각을 가져야 하는 등
특별한 자질이 필요해요. 그런 점에서 팀만의 문화를
만들어 가는 것이 참 어려워요.

그런데 필요하죠. 그래서 꼭 누군가를 집에 초청해 파티를 여는
게 아니더라도, 자기만의 방법을 찾는 것이 중요해요. 같이
일하는 사람의 의견을 잘 수용하고, 평등하게 일하는 문화를
만들려고 이곳에서도 노력해요. 여기저기 호텔 음식을 시켜서

집에서 대접하면 자랑이 돼요. 저는 직접 다 만들었어요. 그들이
집에 왔는데도 여전히 만들고 있어요. 정신없죠.

아, 명절에 친척 집에 가면 받는 그런 느낌일 것
같네요.

대접하는 날에는 제 모습이 완전히 엉망이에요. 머리도
이상하게 되어 있고 옷도 자다가 일어난 상태에서 갈아입을
시간조차 없어요. 요리는 타이밍이니까요! 갑자기 주인공처럼
나와서 〈어서 오세요〉 하고 멋지게 인사하는 그런 초대가
아니에요. 손님들도 내가 지금 난리법석 중이라는 걸 다 알아요.

각각 만나서 이야기를 해요.
팀장인 제가 신뢰한다는 것을 알려 주는 것이죠.

팀의 문화에 대한 이야기가 나왔으니 리더의 자질에
대해서 더 나누고 싶어요. 한 팀 안에는 각각의 재능과
개성이 다른 사람들이 모여 있어요. 강점과 약점도 다
다르고요. 하지만 팀은 하나의 목표를 위해 가야
하잖아요. 어떻게 팀 안에서 각각의 자질 등을 더

끌어낼 수 있을까요? 그러기 위해서 썼던 구체적인 소통 방식이 있다면 좀 나눠 주세요.

제가 서울 외국인 학교에서 일할 때 우리 부서가 일곱 명까지 늘었어요.

당신을 포함해서요?

네, 〈대외 협력 부서〉였죠. 학교는 교육 기관이니까 교육 프로그램을 발전시키고 확보하는 것이 늘 우선순위예요. 선생님들은 교육 프로그램을 새롭게 해달라, 워크숍을 더 발전시켜 달라는 요구를 늘 했죠. 학교에서도 항상 우선적으로 그것들을 해결해야 했어요.

대외 협력 부서와는 좀 동떨어진 이야기군요.

네, 우리 부서는 학교 내에서 우선순위에 들진 않았죠. 처음엔 팀원이 하나였어요. 우리는 입학생을 모집하는 역할을 맡았어요. 학교의 역사 등 자랑거리를 만들고, 학교가 표방하는 메시지를 만들고, 학교의 장점을 부각시켜서 스토리 라인을 만들었죠. 출판물도 그 내용에 맞춰서 만들었고요. 새로운 학부모님을 맞이하는 자리에서도 그 메시지를 전달해야 해요.

일관적이어야 했고, 사람들이 그 메시지를 인식할 때까지
다양한 매체를 통해 지겨울 정도로 반복했어요. 그렇게 일이
많으니 팀원이 보충되어야 했어요. 그런데 우선순위가 아니었기
때문에, 충원할 때마다 자세한 설명이 필요했어요.

　　　　할 일도 많았고 그런 신경도 써야 했군요.

네, 잡지책 하나 만들려면 각 페이지마다 들어가야 하는 내용을
만들고, 심지어 전 세계의 졸업생들에게 늘 소식을 달라고
연락을 해야 했죠. 1980년 졸업생 누가 애기 낳았다, 1985년
졸업생 누가 박사 받았다, 그런 간략한 정보들까지도 다
들어가요. 그런 걸 하기 위해서 얼마나 많은 이메일과 연락을
주고받아야 해요? 또 그것만을 하고 있을 순 없죠. 누군가는
현재 그 캠퍼스에서 일어나는 일을 쫓아다니면서 사진 찍어야
해요. 각 교실에서 일어나는 일들도 알려 주고, 직접 교사나
학생들을 인터뷰해야 했죠. 다른 학교와 경쟁하는 상황이었으니
홍보 자료도 만들어야 해요. 매번 테마를 직접 정했어요.

　　　　잡지 만드는 것 외에도 일이 많았죠?

맞아요. 기부 사업도 중요한 일이었어요. 일일이 학부모 만나서
대화하고 좋은 관계를 만들어 나갔죠. 〈우리 학교가 이번에

펀드를 만드려고 하는데 어떨까요? 기부를 하실 의향이 있나요?〉라는 이야기를 꺼내려고요. 이야기가 잘되어서 어떤 학부모가 청신호를 보낸다 해도 또 바로 〈그럼 언제 주실래요?〉라고도 못하죠. 거기에 또 엄청난 팔로업이 필요해요. 그 자녀의 이름도 다 알아야 하고 그 아이들의 상황도 다 파악하고, 혹시라도 문제가 있으면 선생과 학부모 사이에서 중간 역할도 해야 하죠. 그렇게 한다고 해도 정말 기부로 이어진다는 확신이 없으니 늘 아슬아슬해요. 이런 것을 컬티베이션이라고 해요. 우리의 목표를 나무 가꾸듯이 물을 주고 볕도 쬐어 보살펴야 하죠. 끝이 없어요. 전화를 안 받을 수가 없고 이메일에 답을 안 할 수 없고, 늘 24시간 내내 일해요. 이게 우리 부서가 했던 일이에요. 한 명에서 일곱 명으로까지 충원이 된 정도면 그 일이 얼마나 많다는 건가요? 또 동창들이 세계에 나가 있기 때문에 해마다 LA다, 뉴욕이다, 보스턴이다, 다 직접 가서 동문회를 해요. 저녁 식사 모임을 위해 신청을 받고, 공지하고, 참석자 추리고, 장소 정하고, 동문회에서 할 학교 역사에 관한 게임을 만들어 학교에 관심을 더 가지게 해야 하고, 티셔츠 맞춰야 하고, 새로운 학교 운동복도 줘야 하고요. 그런 것들을 다 싣고 그 장소로 직접 가죠.

　　　직접 간다고요?

직접요. 파티 기획까지 다 하는 것이죠. 거기서 당신들의 기부가 필요하다는 메시지를 전하면 그제야 10만 원 나오고, 1백만 원도 나와요. 이사회에 이걸 보고하면, ⟨고작 2천 달러를 위해서 그 많은 일을 했다고?⟩라는 반응이었죠. 아무튼 일곱 명까지 충원이 되었어요. 그런데 문제는 그들이 일을 잘하는 사람들이 아니었다는 거였어요. 심지어 그중 하나는 학교에서는 재계약을 안 하려는 사람이었어요.

　　　팀에서 소화해야 할 일의 내용을 들어 보면 순발력
　　　좋고 소통 능력이 뛰어난 사람이 팀원이어야 할 것
　　　같은데요.

하지만 바로 일에 투입되기엔 무리한 상황도 있었어요. 그런 사람을 팀원으로 맞이하는 게 내가 원해서는 아니었어요. 정말 어쩔 수 없는 상황이었죠. 당연히 선별하고 싶었지만 너무 손이 모자라니까 일을 하나라도 덜어 보자는 마음이었어요. 감안하고요.

　　　오히려 일이 더 늘어나는 상황인데. 그 사람이 일을
　　　잘못했으면 또 직접 수습해야 했나요.

그렇죠. 하지만 어느 팀이든 완벽할 수가 없어요. 어려움들이

있죠. 밖에서 우리를 봤을 땐 팀원이 일곱 명이라는 것만

보였겠죠. 그 사정을 모르고 보면 인원을 계속 늘려 주기만 하는

거죠. 하지만 이런 이야기를 누구에게 할 수 있었겠어요?

책임자로서의 역할이 중요했겠어요.

제일 중요한 것은 제가 팀원 모두를

받쳐 주고 있다는 것을 각자가 아는 것이에요.

제가 책임지겠다는 뜻을 확실히 전달하는 거죠.

팀장으로서 했던 일도 용산 국제 학교 설립 재단 이사회에서

했던 일과 같아요. 각각 만나서 이야기를 하는 것이었어요.

서로를 이해시키고, 팀장인 제가 신뢰한다는 것을 알리는

것이죠.

「당신이 잘하고 있는 게 너무 감사하다. 그러나 이 사람이

문젯거리를 만들 수 있다. 내가 책임지고 지키고 있을 테니 그

결과가 당신 책임이 아니라는 것만 확실히 알고 있어 달라.

하지만 이런 이유로 이 사람을 봐줘야 하는 상황이다.」

솔직하게.

제가 상대를 신뢰한다는 사실을 확실히 알도록 이야기해 줘야 해요. 그리고 앞으로 닥칠 상황들에 대해서도요.

업무적으로 어떤 일들이 생길지 미리 알려 주고, 맡긴 역할을 굳건히 잘해 주면 좋겠다고 특별히 따로 말하는 것이죠?

네, 제가 다 이해하고 보고 있다는 것, 내가 이해할 거라는 것, 같이 예상해 보자는 것이죠. 그리고 〈이런 일이 닥쳐도 상처받지 말자. 내가 당신을 받쳐 주고 있다. 그러나 이건 대놓고 말하기엔 너무 민감하니 그대로 가는 대신 나에 대한 신뢰는 가지고 있어 달라. 내가 당신을 늘 보고 있다.〉

팀원으로서 든든함을 느끼겠어요.

우리 팀에 부족한 부분도 분명히 있었지만 그럼에도 다들 안심하고 있었어요. 우리의 방 안에 거대한 코끼리가 몇 마리 있음에도 불구하고 그래도 괜찮았어요. 우리가 다 알고 있었으니까요! 우리 방 안이 큰 코끼리들로 붐비고 있다는 것을 팀원 모두가 투명하게 안다는 것이 중요해요.

리더의 역할은 팀에 다가올 그 코끼리 같은 이슈들을

잘 파악하고, 그 안에서 팀원에게 각자의 역할을
부여하는 디렉터의 면모가 필요한 것 같아요.

팀원들이 자기의 역량을 최대한 활용하도록 상황을 만들어 주는
것이죠.

팀원들은 쉽게 중간 관리자를 탓하기도 해요. 〈왜 우리
상사는 그 내용의 중요성을 잘 몰라서 상황을 이렇게
불편하게 만들까?〉 하지만 누구든 그런 중간 관리자의
입장이 될 수 있거든요. 팀원들에게 미리 투명하게
이야기해 주는 것이 중요하다는 생각이 드네요.

맞아요. 상황마다 다 다르겠지만, 제가 아는 그 소통의 방법을
사용하면 최소한 더 큰 오해가 생기지는 않았어요. 데미지
컨트롤이 정말 중요해요. 그래서 다같이 모이는 자리나
회의에서는 이미 사전에 알려 놨기 때문에 편안하게 일에
집중했어요. 제일 중요한 것은 제가 팀원들 모두를 받쳐 주고
있다는 것을 각자가 아는 것이에요. 제가 책임지겠다는 뜻을
확실히 전달하는 거죠. 그러니 팀원들이 불안해하지 않아요.

팀장이나 리더는 누군가 자기를 위해서 일해야 한다고
생각하기가 쉬운데, 팀원이 일에 집중하고 성취감을

느끼도록 〈팀원을 위해 일하는〉 자리였군요.

그 일의 시작은 팀원을 조용히 지켜보는 것이에요. 내가 먼저
이해해야 해요. 이 사람은 뭘 좋아하지? 무슨 이야기에
자극받지? 뭘 해야 더 영감받지? 뭐에 약하지? 사람마다
다르니까 이런 파악이 먼저 되어야지요. 대화하면서 알게 되는
작은 것 하나라도 놓치지 않아요.

   팀 회의를 할 때도 특별한 방법이 있나요?

저는 확실히 〈회의의 기술〉이 있는 것 같아요. 서울 외국인
학교를 다닐 때부터 정말 다양한 회의를 경험하면서
인상적이었던 것은, 각각 일대일로 이야기할 때는 모두가
의견이 참 많다는 것이었어요. 일대일이니까 솔직해요. 그때
의견을 접수해요. 그때부터가 저에게는 회의의 시작이에요. 〈이
사람은 이런 입장이구나. 이 사람은 이걸 싫어하는구나. 이
사람은 이런 그림을 생각하는구나.〉 사전에 일대일로 만나면
저만의 풍부한 정보를 얻어요. 어떤 부분이 민감하고, 그래서
가능한 방법이 무엇인지, 그러기 위해선 누구의 의견이나 힘이
필요한지, 어떤 사람이 이 역할을 잘할지, 그런 것들을 파악하는
거예요. 그런 과정이 없으면 저는 회의 진행을 못 해요.

오로지 사전 대화를 통해서요.

그것이 너무 중요해요. 그 대화가 있어야 리스크를 줄이고,
우리가 해야 하는 회의의 목표에 더 빨리 다가가요. 이 사람들이
다 동의를 해야지만 다음 단계로 가니까요. 다음 단계로 가기
위해 어디가 무엇이 부족하다는 걸 알게 되면, 제 역할은 그것을
채워 놓는 것이에요. 그러니까 각각의 기브 앤드 테이크를 잘
전달해야 해요. 당신들이 이걸 봐주면 여기선 오히려 이걸
기대할 수 있다. 회의의 진행자라면 이런 식으로 판을 잘 짜내야
해요. 만일 제가 참석자로서 어떤 회의에 들어가면 진행자의
부족한 점이 바로 보여요. 왜냐면 참석자인 저부터도 그
진행자를 신뢰할 수 없으니까요. 저의 의견을 진실되게 밝히고
싶지 않아요. 그러니 수월한 진행이 어렵죠. 그러면 서로의
입장을 파악하지 못하여 아쉬운 상황이 생기거든요. 그래서
직접 회의를 진행하는 입장이라면 저는 사전에 미리 일대일로
소통해요. 〈이 토픽이 나올 때 이 이야긴 꼭 당신의 입으로
해달라. 그래야 힘을 받고 진행한다.〉

　　각각에게 필요한 발언을 꼭 집어서 요청하고
　　약속하는군요. 회의를 〈미리 스케치하는 과정〉이에요.
　　큰 프로젝트, 중요한 안건을 결정해야 하는
　　회의일수록 그런 사전 조사, 사전 미팅이 중요하다고

느껴요. 그 과정은 각각의 팀원들 또는 참석자의
입장을 미리 이해하는 일부터 시작하는 것이군요.
그렇다면 진행자는 실제로 회의 이전에 들이는 시간이
훨씬 많겠어요. 회의의 책임자라면 남들보다 훨씬 더
많은 일을 해야 한다는 개념을 가지고 있어야겠네요?

네, 맞아요. 실은 이 방법이 정답인지 아닌지 몰라요. 누구한테
배운 적이 없거든요. 그런데 용산 국제 학교를 설립하기 위해
했던 회의에서는 정말 다른 방법이 없더라고요. 회의 시간에
사람들에게 새로운 정보를 알려 주기부터 시작한다면, 그
새로운 정보에 대해 누가 무슨 생각을 하는지 어떻게 알겠어요?
그러면 꼭 뒤에 가서 말이 많이 생긴단 말이에요.

사전 대화는 어떤 식으로 했어요? 이메일로?
대면으로?

직접 만나서요.

보통 에너지가 필요한 일이 아니에요. 일반적으로
회의를 진행한다는 것은 의견을 모아서 그 결론만 잘
맺으면 된다고 생각했는데, 지금 보니 일을 해결해
주는 역할이군요.

맞아요. 특히 그 회의에서는 문화적인 차이나 오해도 많았기 때문에 할 일이 더 있었어요. 미국 교육부에서 발표한 기준에 맞춰 학교 설립을 하기로 했는데 학급 사이즈, 학생 수, 화장실 수까지도 국내 기준과는 많이 다르더라고요. 그 기준을 서로에게 납득시키기가 어려웠어요. 그 차이를 계속 이해시키고 조율해 나가는 게 저의 업무였죠. 그 회의를 2년 반 동안 진행하면서 제 목에서 소리가 나오지 않았어요. 말을 너무 많이 하다 보니까.

홈 쇼핑 일을 하면서도 그런 기술을 적용하나요?

네, 학교 설립 재단에서 했던 회의 같은 수준은 아니지만 사람들을 파악해야 하는 일은 기본적으로 같아요. 홈 쇼핑에도 MD, PD, 작가, CP, 협력사 등 여러 사람이 있어요. 계속 공부해야 해요. 이 사람의 역할이 뭐지? 여기서 왜 입지가 약하지? 여기서는 또 친하네? 이 사람이 여기서는 갑이네? 4년째가 되니까 이제야 제 나름대로 머릿속에서 그림이 그려져요. 비로소 궁금증이 좀 풀렸고, 마음도 편해졌어요. 내가 자연스럽게 참여할 기회가 오더라고요. 〈이건 예민하지 않고 다칠 사람이 없으니 말해도 되겠다. 이건 우리가 다 덕을 받을 이야기겠다.〉 이런 판단이 자연스럽게 되더라고요.

그러니까 리더는 일만 하는 게 아니라, 팀원들에 대해 공부해야 하는 역할까지 맡는 것이네요. 그러려면 일과 직접 관계가 없는 말들도 자연스럽게 오고 가는 관계가 되어야 하겠어요. 또 사람 사이의 일이니까 뒷담화도 조심해야겠고.

맞아요, 말 하나하나에 굉장히 조심해야 해요. 같은 말이라도 다른 사람이 들으면 오해하기 십상이거든요.

가십거리가 되지 않아야 하죠.

맞아요. 그래서 상대의 좋은 점을 더 확보해서 자꾸 많이 대화하고 나눠야 해요. 만일 어떤 사람이 마감이나 일처리가 늦어요. 그러면 저는 먼저 이 사람의 좋은 점을 떠올려 봐요. 그것이 늦는 이유와도 연결이 될 수 있어요. 너무 여기저기 집중을 많이 해요. 그 집중력이 좋은데 시간 안에 해결을 잘 못하는 사람인 거죠. 그러면 이 사람에게는 퀄리티를 중요시 생각하는 그 장점을 신뢰하고 좋아한다고 한참을 이야기해야만 마감 시간 엄수에 대해서도 떳떳하게 말할 수 있어요. 「당신의 장점에 대해서 내가 알고 믿는 거 알지? 하지만 마감도 너무 중요해. 왜냐면 이 결과를 기다리는 사람들이 참 많아. 마감을 못 맞추면 당신의 실력이 더 발휘가 안 돼.」

미리 장점에 대해 충분히 말하지 않으면 마감 이야기를 할 때 〈이 팀장은 나에게 좋다는 소리 한 번도 안 하네〉라고 불편한 마음을 가지기 쉬워요. 나를 신뢰한다는 마음이 충분히 채워져야지 그날, 결정적인 순간에 따끔하게 효과적으로 전할 수가 있어요.

　　칭찬의 마술을 같이 쓰는군요.

우리나라 사람은 각각 이야기가 참 많고 재능도 많아요. 툭툭 치기만 하면 정말 재능이 쏟아져 나온다고요. 그런데 그 툭툭 쳐줄 사람이 없는 거예요. 그걸 확인만 해줘도 참 쉬울 텐데요.

　　부족한 점을 알려 주는 것과 더불어 솔직한 칭찬은 보통 가족이나 친구들이 많이 해주죠. 직장 동료에게도 그 역할을 자연스럽게 할 수 있도록 벽을 낮춘다면 좋겠네요. 동료들을 알아가기 위해서는 어떻게 하나요? 자연스러운 대화들은 평소에 하나요? 아니면 시간을 따로 만드나요?

습관적으로 무조건 많이 해요. 특히 그 사람의 개인적인 고민을 인지하고 있어야 해요. 아무리 사소하더라도 지나가는 이야기를 그냥 흘리지 않아요. 저는 그걸 나의 숙제로 받아들여요.

그 사람에게 어려움이 있다면
그냥 지나가는 게 아니고
나도 안고 가야 해요.

그런 기회를 어떤 식으로 만드나요?

상대가 지나가는 말로 〈아, 이번에 우리 삼촌이 병원에 가
있어서〉라고 하면, 그 자리에선 〈아, 그래서 이 일이 힘들었구나,
알았어〉 하고 말지만 저는 그걸 그냥 지나가게 두지 않고 나의
숙제로 받아들여요. 그리고 다음에 만났을 때 다시 꼭 물어봐요.
「어떻게 되었어?」
「뭐가 어떻게?」
「삼촌 말이야! 그때 이야기했었잖아.」
그 사람의 입장, 그 사람의 고민, 그 사람의 어려움이 있다면
그걸 그냥 지나가는 게 아니고, 나도 안고 가야 해요. 습관이
되다 보니 일에 관련된 사람뿐 아니라 주차를 도와주시는
분이나, 청소해 주시는 분에게도 마찬가지예요. 어느 장소에
가서 〈그때 따님 취직 어디로 잘될 것 같다고 했는데, 어떻게
되었어요?〉 하고 말하면 남편이 저를 쳐다봐요. 누구인데 그런
대화를 하느냐고요. 이게 습관 같은 거예요. 그런 이야깃거리를
많이 만들어 봐요.

실제로는 쉽지만은 않을 것 같아요. 좋은 효과가
있나요?

늘 순조롭게 이루어지는 건 아니에요. 안 해도 되는 일까지 신경
써줘도 그걸 못 알아보는 사람이 있게 마련이죠.

그럴 때 어떻게 마인드 컨트롤을 해야 할까요?

사람마다 다 채워 넣어야 하는 요소가 달라요. 저의 경우는 제가
가진 개념과 팀원이 가진 개념이 너무 달라서 어려운
케이스였죠. 한번은 제 팀원 하나에게 학교 홍보에 관한 일을
맡겼어요. 그런데 일의 진행 과정이 좀 이상해 보이더라고요.
보통은 일을 믿고 맡기는 편이지만 좀 특별히 처음부터
확인하면서 가야겠다고 생각했어요. 그래서 한번은 〈일주일
동안 누구와 통화를 했는지, 어떤 이메일을 보냈는지 기록을
보여 달라〉고 했어요. 그러니 매일 학교 근무 시간인 8시
30분부터 4시 30분까지 통화하고 이메일을 보냈던 모든 기록을
통째로 다 가져왔어요. 개인적인 통화부터 피자 가게에 전화한
것까지 다. 그 리스트를 받긴 했지만 개념이 너무 달라서
당황했었죠.

나와 개념이 다르다고 판단만 하기보다
기회를 주는 것이 중요해요.

생각하는 방식이 다르네요. 왜 그런 지시를 하는지
이해를 못 했군요.

빨리 해결할 문제가 아니었어요. 그래서 조금 더 소화해 낼 수
있는 일을 할당했죠.

팀원이 어떻게 일하는 사람인지, 어떤 개념을 가진
사람인지, 빨리 파악해야겠네요.

만일 기본부터 시작해야 한다면, 주저 말고 당연히 처음부터
시작해야죠. 이 팀원에게 숙제를 주면서 우리 팀이 가진 목표가
무엇인지 아는지를 먼저 파악하는 것이죠.

그러니까 팀원이 업무 파악 능력이 있는지 확인하는
과정이군요.

그렇죠. 정말 중요한 것은 기회를 주는 거예요. 나와 개념이
다르다고 판단만 하기보다는요.

그런 기회도 그 팀원의 필요에 맞게 팀장이 만들어서
줘야 하나요?

그렇죠. 그게 팀장의 역할이에요! 우리 나름대로 이 사람을
활용해야 한다면 이 사람의 장점이 뭔지를 파악해야죠. 우리
팀에 맞게 다시 튜닝을 해야 해요.

〈튜닝〉이란 말이 적절하네요. 그런데 당신은
기본적으로 사람들이 가지고 있는 이야기들이
궁금한가 봐요. 늘 각 사람이 가진 이야기나 개인적인
면모를 통해 상황을 파악해요.

네, 맞아요. 그 말을 들으니 서울 외국인 학교를 다닐 때
인상적인 한 분이 떠올라요. 학교 창립 1백 주년을 3년 앞둔
어느 날이었어요. 학교 내에서 한 낯선 할아버지가 소리를
지르고 있었어요. 그냥 막 들어와서 땅땅거리면서 화를
내더라고요. 어느 누구도 그 할아버지가 왜 거기에 있는지
몰랐어요.
「아니, 지금 내가 학교에 얼마만에 오는 건데 빤히 쳐다보기만
하고! 사람 대접을 이렇게 하나, 정말!」
저는 이렇게 생각했죠. 〈아, 어떤 미친 할아버지가 여기 왔구나.
나가 봐야겠다.〉 아주 흥분한 상태였어요. 알고 싶더라고요. 왜

이렇게 흥분 상태일까? 무슨 일이지? 누구지? 무슨 관련이 있는 거지? 그래서 물었죠.

「선생님, 무슨 일이세요?」

그래도 여전히 화를 내기만 해요. 그래서 우선은 사과를 했어요.

「우선 죄송합니다. 저는 여기서 일한 지 좀 된 직원이에요. 잠시 제 사무실로 모셔도 될까요?」

사무실로 모셔서 그분을 진정시킨 다음에 다시 물었어요.

「잘 몰라서 죄송하지만 이 학교와 어떤 관계가 있으세요? 처음 뵈어서 어떤 분인지를 잘 몰라 뵙고 있네요.」

그랬더니 이야기가 봇물 터지듯이 쏟아졌어요. 듣고 보니 예전에 이 학교에서 국장으로 일하던 분이었어요. 그래서 그분이 근무하던 당시의 이야기를 들었어요. 서울 외국인 학교 부지가 예전에 묘지였어요. 2만3천 평이었는데, 그 안에 무덤이 2천2백 개가 있었대요. 학교는 당시에 그 넓은 부지를 5천만 원에 산 뒤 그 묘 하나하나를 다 파서 이동시켰어야 했어요. 그 일을 하는 데에 그 국장님이 필요했죠. 듣는데 눈물이 다 나더라고요.

어떻게 보면 학교 역사의 가장 중요한 시기를 직접 체험하신 분이군요. 호기심과 관심이 아니었다면 그 중요한 이야기를 놓칠 뻔했어요.

네, 그렇죠. 그래서 제가 그분께 제안을 하나 했어요.
「선생님, 저희가 1백 주년 기념행사를 준비하고 있는데, 그때
행사를 위해 영상으로 국장님의 이야기를 담아도 될까요?」
그러니까 갑자기 표정과 말투가 부드러워지면서 〈아유, 어떨지
모르겠지만, 네, 도움이 된다면 해야죠〉라고 하더라고요. 그렇게
두 시간 동안 이야기를 들었고, 그 모습을 영상으로 담았어요.
그리고 그분이 1백 주년 기념행사의 마지막 만찬회에
참석하셨어요. 그 2천2백 개의 묘를 하나하나 다 감당한 그분의
공로를 인정하고 공로상을 드렸어요. 많은 사람이 술을 마시고
찾아와서 〈당신은 한국 사람도 아니다. 한국인 자격이
없다〉라고 퍼부었고 그렇게 오랫동안 온갖 모욕과 수모를 다
당했대요. 지금 그 묘들을 다 이장시키는 일을 한다고 생각해
보세요. 그런 일을 한 사람을 제가 인정했어요. 제가 그분의
이야기를 듣지 않았다면 대단한 분을 놓칠 뻔했어요.

단순히 〈미친 할아버지〉일 수 있었는데, 반전이에요.
대단한 발견을 했어요.

남편을 상대로 그 연습을 많이 했거든요. 가족이든 팀원이든,
조금 전의 그 국장님이든 상대방을 이해하려면 그 사람이
되어야 해요. 그래야 그 사람의 관점이 보여요. 내가 그 사람이
안 될 때는 몰라요. 그 사람의 삶 속에서 그 입장이 뭘까를 살짝

상상해요. 그러면 소통이 의외로 조금씩 풀려요.

상대방의 입장이 되어 보는 것은 상상력이 필요하죠.

계속 그 연습을 해요. 저의 경험이나 생각들을 그냥 흘려보내지 않고 한 번씩 짚고 넘어가 보면서 상황을 정리하고 객관화시켜 봐요. 그런 사고 과정들이 자연스럽게 타인의 입장을 쉽게 상상하게끔 해요. 그리고 바로 그것이 소통의 실마리가 되죠.

2009년 2월부터 매주 일요일 밤에 「디플로머시
라운지」라는 아리랑 TV 프로그램의 진행을 맡았다.
이때는 남편이 산에서 생활을 할 때였다. 첫 방송에서
필리핀 대사를 인터뷰할 때이다.

1백 명이 다
하는 반응을

저는 하지 않아요!

남편이 산에서 생활하던 때 나는
처음으로 진행자로서 방송 일을 하게 되었다.
당시 언론 매체에서도 이 내용을 보도했다.
(2009. 2. 2. 「코리아 헤럴드」)

서울 외국인 학교를 떠난 뒤 소통에 관한 강연을
하고 이에 관한 책도 펴내게 되었다.

항상 저에게 온 기회를 놓치고 싶지 않아요.
어려운 상황이었지만 이것도 저에게 좋은
기회일 수 있겠다고 용기를 가졌죠.

내가 집안의 가장이고
수입을 책임지는 사람이라는 생각이었어요.

이번에는 아리랑 TV에서 진행한 「디플로머시
라운지」에 관해 듣고 싶어요. 어떤 프로그램이었고
어떻게 시작하게 되었나요?

한국에 계시는 대사들을 상대로 한국과 그 나라 간의 관계나
무역, 역사 등 특별한 관계에 대해 전하는 프로그램이었어요.
대사가 직접 정보들을 알려 주는 자리였죠. 서울 외국인
학교에서 근무할 때였는데, 그 일을 선뜻 맡을 상황은
아니었어요. 반면 학교에서는 반겼어요. 학교 대외 협력 이사가
매주 토요일마다 대사들을 한 명 한 명 인터뷰한다니
학교에게는 중요한 홍보의 기회였죠.

사회자 자리는 아리랑 TV가 먼저 제안했나요?

미국 상공 회의소 회장에게 먼저 제안이 갔어요. 그런데 그분이
마침 다른 나라로 자리를 옮겨야 해서 저에게 온 거죠. 미국
상공 회의소 회장과는 제가 한국에 왔을 때부터 친하게
지냈어요. 미국 상공 회의소에서 개최한 이벤트에 참석할

때마다 뵀었죠. 처음엔 단순히 지인으로 지내다가, 용산 국제
학교를 같이 만들면서 업무적으로도 더 잘 알게 되었어요.

　　　결혼하고 한국에 와서 배우 최민수의 아내로 지내는
　　　시간이 길었는데 어떻게 미국 상공 회의소와 연결이
　　　되었나 궁금해요.

제가 대학교 1학년 때 함께 기숙사 생활했던 한국계 캐나다인
친구가 있었어요. 제가 미스코리아에 참여한다고 한국에 왔을
때 그 친구는 연세대 어학당에서 한국어를 공부 중이었어요.
당시 교포들 사이에서 연세대 어학당 다니는 것이
유행이었어요. 아무튼 이 친구가 계속 한국에 머물면서 한국에
있는 캐나다 대사관에서 일을 하게 되었어요. 그리고 캐나다
상공 회의소가 미국 상공 회의소와도 연관이 되어 있으니 그
친구 덕분에 많은 사람을 만났죠.

　　　그때는 제안을 선뜻 수락하기 어려운 상황이었다고
　　　했는데, 어떤 상황이었고, 결국 어떻게 제안을
　　　받아들이게 되었나요?

남편이 산에 들어갔던 시기였어요. 결국 불기소 처분된 그 노인
사건으로 떠들썩했던 때였고, 남편은 가족에게 피해가 올까 봐

떨어져 지내고 있었어요. 사실이 아닌 일로 모든 공격을 받던 때였고, 머리가 복잡하니 새로운 일을 시작할 기분도 아니었어요. TV에 나와서 얼굴을 비추며 일하고 싶지 않았죠. 누구라도 그런 상황이라면 조용히 지내고 싶을 거예요.

큰 오해와 공격을 받는 상황이니까요.

맞아요. 그러니 학교에 출근하는 것도 불편했어요. 그런데 해야 할 일이 많으니 출근은 했죠. 최대한 떳떳한 표정을 유지했지만, 또 너무 태연하면 안 되고 공손하기도 해야 했고요. 어떤 분위기로 일하고 사람을 만나야 할지 정리가 잘 안 되었어요. 그러던 중에 아리랑 TV에서 제안이 들어온 거예요. 그래서 저의 상황을 알렸죠. 아리랑 TV는 시청자가 주로 외국인이니 상관이 없대요. 그래서 하겠다는 의향만 있다면 걱정을 안 해도 된다고요. 그래서 생각할 시간을 달라고 했어요.

게다가 방송 경력이 전무한데, 두렵고도 조심스러웠을 텐데요.

맞아요. 그리고 의상도 제가 직접 준비해야 했고, 방송 전에 사전 미팅 같은 것도 없었고, 그저 대본만 보내 줬어요.

대본만 믿고 온전히 그 프로그램을 책임지고 진행해야
하니 더욱 부담스러웠겠네요.

정신적으로 새로운 일을 시작할 상황이 아니라는 생각만이 저를
계속 갈등하게 했어요. 하지만 당시 내가 집안의 가장이고
수입을 책임지는 사람이라는 생각도 있었죠.

남편이 부재중이었으니 더욱 그러했군요.

남편이 언제 일을 다시 시작할지 모르니 추가 수입도 얻고
방송을 진행하며 새롭게 배우며 성장할 기회가 될 거라고
마음을 굳게 먹었어요. 게다가 대사들을 만나 상대할 수 있는
기회잖아요. 항상 저에게 온 기회를 놓치고 싶지 않다고
생각해요. 어려운 상황이었지만 저에게 좋은 기회라면서 용기를
가졌죠.

그런 상황에서는 누구도 쉽게 그런 결정을 내리지
않을 것 같아요. 여기서도 당신이 늘 말하는 〈1백 명이
다 하는 반응을 나는 하지 않는다〉는 그 원칙이
적용되네요.

맞아요. 늘 그런 생각으로 매사 결정에 임해요. 대사들과의

자리도 처음부터 편하지 않았어요. 이전에 다양한 행사에서 만나기도 했지만 형식적인 인사만 주고받았죠. 하지만 방송을 하면서 제 직장인 학교를 위해 더 친밀한 관계를 만들어 가게 되었죠.

처음 정식으로 방송 일을 했는데, 어땠어요?

방송의 오프닝과 클로징이 어려웠어요. 굉장히 낯설더라고요. 그래서 최대한 전문적인 쇼처럼 보이도록 TV 진행자를 보며 목소리 톤이나 억양을 흉내 냈어요.

방송을 봐주고 체크해 주는 이들이 있었나요?

남편은 산에, 아이들은 어리고, 부모님은 캐나다에 계시고. 아무도 없었어요. 첫 방송에서 만난 분이 필리핀 대사였는데, 정말로 혼란스럽고 정신이 없었어요. 녹화 방송이었는데도 오프닝부터 너무 떨리더라고요. 오프닝을 진행하고 필리핀 대사를 소개하고 질문을 주고받는 그 일련의 과정이 리허설도 없이 진행되었어요. 대사님이 제 질문에 답변할 때 이야기를 듣기는커녕 다음 질문을 어떻게 해야 할지 그 걱정만 하고 있었어요. 여유 있게 대화하고 다음 질문으로 넘어가야 하는데 도저히 그런 여유가 안 나더라고요. 아마 그 방송 모습을 찾을 수 있을 거예요. 모든 게 정말 처음이었죠. 인생이 그런 거 같아요. 남편과의 결혼도 그렇고 국제 학교 설립하는 일도 그렇고 홈 쇼핑도 그렇고, 리허설이 없죠.

내가 단순히 대접받고자 했나?
사회란 원래 이렇잖아요.
나도 착각하고 있었구나.

PD나 관계자들의 개인적인 조언이나 도움도
없었나요?

다들 자신의 일로 바쁜데 누가 저를 챙기겠어요. 저에게 방송을 제안했던 PD는 친절한 남자분이었는데, 이후에 PD가 바뀌는 바람에 더욱 적응하기가 어려웠어요.

더 구체적으로 이야기해 주세요.

방송을 맡기로 하고 국장님을 만나는 자리에서부터 그랬으니까요. 국장님과 대화를 해보니 좀 무뚝뚝한 분이었어요. 지금껏 방송에서 최민수의 아내로 소개되며 대접을

받아 왔는데, 이 프로그램에서 저는 일을 잘 해내야 하는
전문적인 진행자여야 했어요. 제 이야기를 하는 자리에만
가봤지 누군가의 삶에 대해 물어보는 입장이 된 건 처음이었죠.
더 이상 대접받는 사람이 아니라 한 방송에 책임을 지는
사람이었어요.

　　　　완전히 반대인 입장이었네요.

국장님의 사무실에 들어가니 담당 PD와 작가, 관계자들이 앉아
있었어요. 면접 겸 인사 자리였어요. 배우의 아내 대접을 받아
오다 완전히 다른 상황에 놓이게 되니 그런 자리조차도
트라우마로 다가왔어요. 〈강주은 씨는 방송 활동 경험이
있는가?〉라는 질문이 들어왔어요.
「방송국 인터뷰에 몇 번 응해 본 적이 있지만, 한국어로 답변을
해야 하니 어려웠죠.」
「그러니까 방송을 직접 책임지고 해본 경험은 없는 거죠?」
「네, 없어요.」

　　　　초빙된 자리가 아니었네요?

땀 나고 자존심 상하는 시간이었어요. 내가 왜 여기에 있어야
하지? 일어나서 〈국장님, 됐고요, 저 안 할래요. 마음이

바뀌었어요)라고 말하고 싶었어요!

　　　　단순한 인사 자리인 줄 알았을 텐데요. 평가받는 면접
　　　　자리가 되었군요.

국장님이 책상에 높게 쌓인 종이뭉치 위에 손을 올리고 이렇게
말해요.
「강주은 씨, 이게 뭔지 알겠어요?」
「아니요.」
「여기 있는 모든 게 이 방송을 진행하고자 지원한 이들의
이력서예요. 이 많은 사람이 그 자리를 원해요. 그런데 당신에게
그 자리가 갔어요. 강주은 씨는 방송 경력도 없고 내세울 경력이
없이 외부의 추천만으로 여기에 온 거예요.」
즉 쉽게 방송할 생각 말라는 거였죠. 처음부터 끝까지 내
머릿속은 〈내가 왜 왔지? 다 접고 싶다〉로 가득 찼고.

　　　　멋지게 해낸 방송 모습만 보았는데, 그 이면의 모습이
　　　　참 현실적이네요. 그런 과정이 있었구나. 국장님이 참
　　　　멋지네요. 일을 시작할 거면 제대로 하라는 조언을
　　　　인상적으로 했어요.

인생을 살아오면서 그런 어려운 순간이 없는 때는 없었어요.

어떤 기회라도 크고 작은 어려움이 늘 따라와요. 그냥
이루어지는 건 없더라고요. 그래서 모든 걸 다 접고 싶었지만
그만두면 제가 뭐가 돼요? 명분이 없더라고요. 내가 단순히
대접받고자 했나? 사회란 원래 이렇잖아요. 〈나도 착각하고
있었구나〉 싶었어요. 그러니 첫 방송의 부담감이 상당했죠.
게다가 누구도 가르쳐 주지도, 조언을 해주지도 않는 상황에서
오로지 혼자 해내야 했죠. 그러고 나서 방송에 좀 익숙해진 몇
개월 후, 방송국 저녁 식사 자리에 참석했어요. 그 자리에 한
여자분이 다가와서 아리랑 TV에 소속된 PD라고 자기소개를
하더라고요. 그러면서 제가 진행자로 정해졌을 때 방송국
내에서 엄청난 이슈였다고 알려 줬어요. 〈분명히 낙하산으로
들어왔으니 실력은 없을 거〉라고요. 그래서 모두들 첫 방송을
신경 써서 봤대요. 〈당신 같은 사람이 이 프로그램을 잘 진행할
수 있는지, 어디 한번 보자〉는 것이었죠. 그 이야기를 듣는데
온몸에 소름이 돋았어요. 그런데 충분히 그럴 수 있어요.
「굿라이프」도 그랬거든요.

        담당 PD는 어떤 마음으로 당신을 택했을까요?

PD는 개인적인 사정으로 빨리 진행자의 자리를 결정하고 그
자리를 떠나야 했어요.

누군가의 추천이 있었고 다른 사람의 이력서를 볼
시간이 없었으니 더욱 강력하게 당신을 그 자리에
앉게 했겠네요.

그렇죠.

첫 번째 방송에 엄청난 부담감이 있었지만 방송을
잘해서 다들 놀랐다고 했어요. 어떻게 잘해 낼 수
있었나요? 대외 협력 이사로 일을 하는 것과는 또 다른
모습을 보여 줘야 했을 텐데.

남편의 상황이 제 머릿속을 지배한 때였어요. 그런데 하겠다고
마음먹은 이후부터는 우리 가정을 위해서 더 강해져야 한다는
아드레날린이 솟더라고요.

가장으로서 이것을 꼭 해내야 한다는?

그렇죠. 토요일에 잠깐 방영되는 프로그램이어서 시청률이
높지는 않았을 거예요. 그래도 남편과 함께 힘든 일을 겪고 있을
이 여자를 많은 사람이 궁금해했을 거예요. 〈저 사람 어떨까?
많이 힘들 텐데?〉 하지만 방송에서 보이는 저의 모습은 예상과
달리 대사들 앞에서 당당했죠. 그런 이미지를 만들고 싶었어요.

남편을 위해서라도 꼭 성공적으로 해내고 싶었어요.

　　　단순히 경험을 쌓기 위해서라기보다는 더 강력한
　　　이유가 있었군요.

사람들이 저를 주시하고 있다는 것이 중요한 동기가 되기도
했어요. 제가 방송에 자주 나오면 〈저 사람, 그래도 무언가를
하고는 있구나〉라고 생각하죠. 이것이 남편을 도울 방법이라고
믿었어요.

　　　일 자체는 재미가 있었나요?

대사들을 개인적으로 알게 되고 학교 홍보도 직접 할 수
있었으니 재밌었어요. 학교 일은 저의 자부심이었어요. 그
자리에서 또 좋은 에너지를 챙겼어요. 학교에서도 만족했고요.
덕분에 1백 주년 마지막 만찬 행사 때 대사들을 열일곱 분이나
직접 초청했어요.

　　　대사들과 개인적인 관계를 지속적으로 이어 갔나요?

그중에 두 분 정도요. 대사들은 역할이 끝나면 다시 평범한
생활로 돌아가요. 대사로 활동할 땐 운전수, 비서와 함께

일하지만 더 이상 대사로 활동하지 않으면 평범한 생활을 해요. 어떤 분들은 그 자리가 영원할 거라 믿어요. 본인의 임기가 끝나고 외국에 돌아가서도 다시 한국에서 일을 할 만한 곳이 있나 저에게 부탁하기도 하고요. 다양한 사람이 있죠.

당신은 일과 관련된 관계를 맺을 때 가지는 기준이나 원칙 같은 것이 있나요?

기준이라기보다는, 제가 당시에 하는 일이 뭔가에 따라 이제껏 만나 온 사람들을 막 연결해 보면서 어떤 시너지를 주고받을까 늘 생각해요. 그러다 보니 부탁도 많이 받아요. 호텔 지배인과 오래 알고 지내 왔는데 제 지인의 자녀가 호텔과 관련된 일을 찾고 있다면 서로 소개해 주죠. 사업을 하시는 어떤 분이 인턴을 찾고 있다면 주변 사람들을 떠올려 봐요. 학교에서 대외 협력 이사로 재직하고 있고, TV 프로그램을 진행하다 보니 학부모들이 직접 저에게 연락해서 자녀들 취업에 관한 부탁을 할 때도 있어요.

도움을 줄 만한 것들을 챙기는군요. 그런데 무리한 부탁을 해오는 경우도 있을 것 같아요.

네, 있죠. 물론 그럴 때는 거절하고 전화를 끊고 싶어요.

본능적인 감정이 올라와요. 나를 언제 알았다고? 내가 힘들 때 막상 내 부탁을 들어줄까? 당연히 이런 생각들이 떠오르지만 다 누르고 〈네, 맞아요〉라고 웃으며 답해요. 그럼 제 머릿속에서 〈바보!〉라는 생각으로 가득 차요. 맞아요, 어느 정도 바보가 맞죠. 안 해도 되는 것까지 최선을 다하니까. 만일 누군가가 저를 통해 방송에 일자리를 구하고 싶다면 이렇게 말해요. 〈제가 장담은 못 하지만 아는 PD에게 물어볼게요. 그리고 당신의 연락처를 전달할게요. 만약 도움을 줄 자리가 있다면 도와드릴게요.〉 이런 일들이 꽤 있어요.

〈1백 명이 다 하는 반응을 나는 하지 않는다〉라는 생각으로 행동한다고 했는데, 보통 사람에게는 이해가 잘 안 갈 수 있어요. 시간과 정성을 들여서 이룩해 놓은 성취를 쉽게 얻고자 하는 사람에게 굳이 잘해 주고 이용당할 필요가 있을까요?

저에게 다짜고짜 부탁하고 요청하는 사람은 어느 정도 바보일까요? 대단한 바보일까요, 아니면 어느 정도 사회생활을 한 바보일까요? 아예 개념이 없다면 할 수 없지만 조금이라도 있다면 어느 순간 깨닫겠죠. 강주은이 나의 전화를 받고 부탁을 들어주었다. 그게 그냥 그대로 사라져 버릴 수도 있지만 남을 수도 있죠! 혹시 남는다면 언젠가 그 에너지가 나에게 돌아오지 않을까요? 그게 내가 재산을 쌓아 나아가는 방법이에요.

이것도 당신이 말한 씨앗을 심는 과정인가요?

그렇죠. 바보 되는 것이 습관이 되면 자신도 모르게 어느 순간 열매가 나타나요. 굉장히 자연스럽고 순수하게요.

그 열매라는 게 무엇인가요? 〈정원에서 수확한 열매〉라는 표현을 평소에도 자주 하는데, 실제 생활에서 그것이 무엇일까요.

저는 방송 경력이 없지만 「굿라이프」 진행자가 되었잖아요. 그 회사에서 시장 조사를 해봤을 때 저에 대한 신뢰가 있더래요. 그 신뢰가 무엇인지 구체적으로 말할 수는 없지만 방송에 나갈 때마다 이야기해 온 내용이나 조직 생활을 통해 얻은 경력, 남편 옆에서 일관되게 지켜 온 저의 행동들. 너무나 다양한 시선을 가진 이들이 저를 보며 〈왠지 강주은은 믿을 만하다〉고 느끼는 것은 저의 어떤 한 면만 잠깐 보고 든 느낌이 아닐 거예요. 그런 일관된 부분이 쌓이고 숙성되어서 제게 선물로 돌아온다고 생각해요. 결국 그것이 열매라고 볼 수 있지 않을까요?

생각 6

〈주은아, 난 다른 건 몰라도 살아오면서는 진실을 빨리 이야기하는
것이 나에게는 제일 잘 맞았어.〉 남편에게 많이 배운다.

다른 건 몰라도

진실은 빨리
이야기해요

제15회 부산국제영화제 개막 행사 중 하나에
캐나다 대사와 같이 사회를 보게 되었다. 이때
남편도 초대받았다.

홈 쇼핑에 소개할 제품을 선택하기 전에
미리 전문가와 그 제품을 테스트해 보는
시간을 가진다.

〈손해 봐도 괜찮다〉고 생각하고 자연스럽고
담대하게 대처하면 〈손해〉가 제자리를
찾아가요. 전 삶에서 그걸 느꼈어요.

완전히 실패하고 실망하는 그 순간에
상상도 못 하는 열매가 존재해요.
이런 순간에만 발견할 수 있는 것들요.

굿모닝.

　　굿모닝, 당신이 〈굿모닝〉 할 때 느낌이 좋아요. 아침의
　　활기차고 당당한 에너지가 충실하게 느껴져요. 나도
　　그런 굿모닝을 하고 싶다는 생각이 드네요.

오, 그래요? 그런데 저, 이런 에너지 없으면 제 인생을 살 수가
없어요. 정말 이번에 계속 마음에 걸려 있었던 일이 터진 거예요.
우리가 공개하지 못하는 아들의 공황 장애. 요 며칠 언론에 막
나왔잖아요.

　　아, 그런 큰일이 있었나요?

몰라요? 아, 오케이. 당연히 봤을 거라고 단정짓고 이야길
했네요. 나흘만에 군대에서 나왔어요. 지난 사흘 동안 우리가 한
10년은 늙은 느낌이에요.

무슨 일이 있었나요?

어제까지 제 큰아들 이름이 포털 사이트 실시간 검색어에 올라가 있었어요. 나흘만에 군대에서 나왔고 그 뉴스가 보도되었거든요. 그 이유는 사실은 오래전부터 가지고 있던 공개할 수 없었던 문제 때문이었는데, 이젠 어쩔 수 없이 다 알려졌죠. 한동안 우리 가족만의 숙제였어요. 아들은 공황 장애뿐 아니라 플러스 알파가 있어요. 외국에서는 이러한 정신 질환에 대해서 사회적으로 많이 깨어 있어요. 그래서 외국에서는 많이들 치료를 받아요. 결국엔 우리가 인간이고, 모두 각각 다른 사고 능력을 가지기 때문에 정신적으로도 다 다르다는 것을 잘 인식하고 인정해요. 우리가 이야기해 왔던 인간의 다양성이 여기서도 이렇게 나오는데요. 한국에서는 일정한 틀에서 벗어나면 여전히 낯설어하는 것 같아요. 그래서 공개를 못 했죠. 입대 전까지 실제로 아들이 상담받았던 시간은 벌써 3년이 넘어요.

정신과 상담 치료요.

네, 첫해에는 약 없이 상담만으로 도움을 받고자 했어요. 그러다가 2017년부터 약을 먹기 시작했어요. 그러다가 아들이 캐나다로 대학 진학하고 나서는 다시 약 없이 지내 보고 싶다는

의지가 있어서, 잘해 냈어요. 그것은 본인의 대단한 노력 없이는
불가능하고, 주변 가족과 환경의 뒷받침도 중요하게 작용해요.
그렇게 가족의 응원 속에서 약을 끊었는데, 한국에 돌아와 군대
가기 1년 전부터는 우리가 아무리 잘 받쳐 줘도 도저히 약
없이는 안 되더라고요. 그래서 아들에게 〈약 먹어도 괜찮아.
의사 상담 받자〉라고 설득해서 입대 6개월 전부터 다시 진료를
받았어요. 아슬아슬했어요. 군대라는 환경의 변화는 위기감을
느낄 만큼 클 것이고, 그 안에서 내면의 충돌이 대단할 거라는
걸 염두에 둔 결정이었어요. 그렇게 약을 다시 복용했는데,
처음엔 한두 알이 아니었어요. 먼저보다 많아졌죠. 그런 와중에
아들은 의사에게 〈내 인생에서 평생 약을 의지하고 싶지 않다.
약을 끊어 본 적이 있기 때문에 할 수 있다. 끊고 싶다〉고
말했어요.

군대에 갈 때도 약 없이 가고 싶었군요.

군대의 분위기를 전혀 모르는데다, 한국어가 서툰 것이 정말 큰
산이었어요. 하지만 군대를 꼭 가야 한다는 아들의 의지는
강했어요. 치료받는 아이를 군대까지 보내야 한다는 것은
부모로서도 엄청난 부담이었어요. 그 상황에서 제가 할 것이
많이 없더라고요. 그래서 아무래도 〈군대라는 곳에도 한국어를
잘 못하는 아이가 있을 수 있다〉라는 인식을 조금이라도 알리고

싶었어요. 군대 가기 일주일 전에 토크 쇼 방송이 나가니 실제로
군대에 가면 〈아, 얘가 한국말을 잘 못하는 그 아이로구나〉
하면서 조금이라도 대답이 시원치 않거나 부족하더라도 이해해
줄 여지가 조금이라도 있지 않을까? 그것이 저의 계산이었어요.
그래서 저도 〈한국어를 잘 못한다〉는 말을 분명하게 해야
한다고 아들에게 말했어요.

　　　　그 이면에 더 많은 이야기들이 있었네요.

그래서 군대 보냈잖아요. 소식이 없어 걱정이 되면서도
한편으로는 안심이었어요. 그런데 갑자기 전화가 왔고, 받아
보니 소대장이었죠. 〈최유성이 조금 적응하기 힘들어한다〉고.
그 순간 제 가슴이 아래로 뚝 꺼졌어요. 군대 간다고 매스컴에
다 나갔는데, 많은 이들이 응원하고 있는데! 머릿속이 막
뒤집어지더라고요. 아들이 몸을 막 떨기 시작했대요. 스무 명이
함께 합숙하는 좁은 공간, 전혀 다른 환경에서 공황 장애 증상이
심해진 거죠. 데리러 가도 되느냐고 물었더니 그래도 된대요.
전화를 받은 시간은 오후 4시였고, 바로 남편과 훈련소가 있는
파주에 도착하니 저녁 7시였어요.

　　　　아들은 어땠나요?

아들은 미안한 마음에 아무 말도 하지 않더라고요.

　　　남편은요?

정신이 완전히 나가 있었어요. 파주로 가는 길에 서로 아무 말도 못 했어요. 제 머릿속은 〈이걸 어쩌지? 대단한 오해의 소지가 될 수 있다〉는 생각만 맴돌았죠. 하지만 이미 다 벌어진 일이니 말을 꺼내진 않았어요. 그러다가 거의 도착할 즈음에 남편에게 이렇게 말했어요.
「아, 이런 순간에 당신이 같이 있어 주니 또 큰 위로가 되네! 난 항상 당신을 상대하면서 혼자서 이런 일을 겪어 왔는데 지금은 같은 입장이 되는 것만으로도 안심이 돼! 어때, 이 자리?」

　　　하하. 그런 순간에도 유머가 나오는군요.

남편이 너무 긴장하니까요. 다행히 웃더라고요. 남편은 그날 저녁 아들을 데려오면서 아무래도 언론에 빨리 밝혀야 한다고 말했어요. 아들의 모든 증상을 다 공개할 필요 없이 딱 하나를 공개하면서 상황을 이해시키자고요. 그것만으로도 많은 분이 이해해 줄 거라고. 정말 감사하게도 많은 분이 응원해 주셨어요.

　　　먼저 신나게 군대 이야기 나눴는데, 이런 큰일이

있었네요. 많이 불안했을 텐데 그래도 의연히
이야기를 잘해 주었어요. 가족들의 의지가 새삼
느껴집니다.

열일곱에 군대 가겠다는 선택을 한 뒤에 상담을 받게 되었어요.
어릴 때도 종종 의심되는 징후들이 보이긴 했지만, 누가 자기
자식에게 정신적인 문제가 있다는 것을 인정하고 싶겠어요?
사실 익숙하지 않잖아요. 그래서 더 빨리 대처하지 못했어요.
4년 전에 겨우 〈우리 상담받으면 어떨까?〉 하고 가족들에게
물어봤을 때도 상당한 용기가 필요했어요. 남편과도 한참
부딪쳤고요.
「우리 아들이 지금 어떻다는 거야? 주은아, 이런 결정은 쉽게
내리는 것이 아니야.」

　　　반대를 했군요.

굉장히 힘들었어요. 서양에서는 정신과 상담이 일상화되어
있으니 그 필요성을 아는 저와 그걸 전혀 모르는 남편, 이렇게
우리의 세계가 또 부딪쳤어요. 저도 마음이 아팠지만 그래도
상담을 꼭 받게 하고 싶었어요. 아무리 소통을 잘하는
집안이라도 아들 입장에서 부모에게 못 하는 이야기들이 있을
테죠. 제3자와 대화할 기회를 꼭 주고 싶었어요. 그래서

의사와도 가족들이 각각 따로 만나고, 모두 같이 만나기도
했어요. 그런 과정에서 우리가 힘들더라도 받아들여야 하는
이야기들이 있었어요. 이런 상황까지 찾아오니 큰 죄책감에
빠졌어요. 입대하기 바로 전에 올린 인스타그램 〈군대리아〉
게시물은 아이를 응원하기 위해서 찍고 올렸던 거예요. 그 영상
속에서 남편이 막 웃는데, 행복한 웃음이 아닌 불안한
웃음이라는 걸 사람들도 느꼈을 거예요. 하지만 말을 못 하죠.
제 가슴도 많이 아팠어요.

　　　　　아들을 아무도 모르는 정글에 보내는 기분이었겠어요.

아무튼 보냈어요. 그리고 4일만에 돌아왔어요. 코로나 상황으로,
다른 훈련 없이 그저 양반 자세로 침대에서 하루 종일 앉아
있었대요. 아무것도 안 하는 것이 훈련이었어요. 2층
침대였는데 그 침대가 고맙더래요. 침대에서 잘 수 있으니까요.
그 침대 위에서 5백 밀리리터 물병 하나만 가지고 하루 종일
버티는 거예요. 어떤 아이들은 수도에서 물을 다시 받았다가
아주 혼이 났대요. 식사는 위생 비닐에 쌓인 채 식판에 담겨
침대로 나오고, 앉은 자리에서 먹는 거예요. 다 먹으면 그
비닐과 함께 싸서 버리는 것이고. 화장실은 아침에
일어나자마자 정해진 시간에 어느 번호부터 어느 번호까지 5분
안에 다녀와야 하고요. 빨리 뛰어가서 볼일 보고 양치하고 오는

거죠. 첫 사흘은 자기 옷으로 생활했어요. 그 이후 첫 샤워를
했어요. 딱 5분 동안. 모두들 재빠른 동작으로 샤워를 하는데,
정말 그런 풍경은 태어나서 처음이었대요. 샤워기가 일렬로 쭉
있고, 모두 샤워기를 손으로 잡고 비누 하나로 몸을 닦는 거죠.
어떤 아이가 알려 주더래요. 이 비누로 온몸을 다 닦아야 한다고.
나름대로 좋은 경험을 했다고 생각하더라고요. 한국어 잘
못한다고 말할 때마다 이해를 해주고 다 잘해 주더래요.
눈치만으로도 통하는 것들이 있었나 봐요. 매력을 느꼈대요.

　　　그 안에서 생활할 수 있겠다고 느꼈나 봅니다.

물론 동기들이 혼나는 모습을 봤을 때 끔찍하더래요. 훈련하는
곳이니까 그런 경험을 한 번에 압축적으로 겪겠죠. 그 첫 풍경이
이 아이한테는 충격적이고 새로웠고, 또 배운 것도 많은 것
같아요. 그러고 이제는 그 분위기를 알았으니 더 잘 준비해서
무리 없이 들어갈 수 있겠대요.

　　　만만치 않은 새로운 환경에서 버티려니 별의별 생각과
　　　공포가 한 번에 다가와 많이 괴로웠을 텐데…….

그래서 허용이 가능한 약을 가지고 가도록 준비하기로 했어요.
그렇게 어느 정도 정리가 된 후 언론에 알리고 처음부터

투명하게 이야기를 했어요. 그러니 사람들 70~80퍼센트가
응원해 주시더라고요. 이런 와중에도 무리해 입대하기로 했다는
데서 오는 이해죠.

앞으로 어떻게 해야 하나요?

병무청에 일단 퇴소했다는 신고를 해야 해요. 치료를 받고 다시
재입대하겠다는 의사를 밝혀야 하고 조금이라도 의지할 약을
가지고 들어갈 수 있도록 절차를 알아봐야 해요. 재입대 시기도
상담을 받아야 해요.

아들은 괜찮나요?

자기가 아버지 삶에 돌이킬 수 없는 일을 저질렀다고
생각하더라고요. 아빠가 〈항상 네가 자랑스럽다. 너는 내
아들이고 너에게 고마운 일밖에 없다 생각해〉라고 할 때마다
아이의 가슴이 무너져요. 그럴 때마다 제게 솔직하게 말해요.
「엄마, 아빠를 보면 너무 미안해.」

앞으로 더욱 성숙해질 것 같아요.

그 나흘 안에도 많이 성숙해졌어요. 인사하는 목소리부터

자세까지요. 굳이 일반 군대에 가야 하느냐고 생각할 수 있지만, 이미 아들의 마음속에는 끝까지 해야겠다는 책임감밖에는 없더라고요. 암튼 이런 큰일 덕분에 온 가족이 예상치 못했던 크리스마스를 다함께 보냈어요. 이 힘든 순간에 큰 보물들이 나왔어요. 완전히 실패하고 실망하는 그 순간에 우리가 상상도 못 하는 열매가 존재해요. 우리 가족이 더 단단해졌어요. 이런 순간에서만 발견하는 것들이 있어요. 늘 그게 감사해요.

제가 30년 동안 그 패닉의 세계에서 살아왔단 말이죠. 〈당신과는 비교할 수가 없다〉고 했죠. 남편은 패닉 초보니까!

위기의 상황, 실패의 상황들이 늘 존재하죠. 차 타고 파주로 향했을 때 주위는 깜깜해지고 서울에서 파주로 들어가는 차들 속에서 이미 각자의 마음속에 다양한 감정이 흘러넘치고 있었을 텐데요. 패닉의 상황이죠.

그 시간에는 아무 말도 못 하겠더라고요. 그저 침묵. 생각이 많았죠. 각자.

〈지금은 같은 입장이 되는 것만으로도 위로가 되네?
어때 이 자리가?〉 이런 말들, 분위기를 부드럽게
만들려는 의도도 있겠지만 또 정곡을 찌르는
말이잖아요. 그것이 당신의 장점이에요. 그런 와중에
어떻게 그런 이야기를 하나요. 또 남편은 거기에
긍정을 하고요. 그런 분위기는 실패의 순간, 최악의
순간이라고 생각하기 쉬운데, 여기서 마음을
다스리려는 의지와 방법이 보였어요.

남편이 그러더라고요.
「나는 패닉이었는데 주은은 참 침착하더라.」
그렇죠. 제가 30년 동안 그 패닉의 세계에서 살아왔단 말이죠.
당신과는 비교할 수가 없다고 했죠. 남편은 패닉 초보니까!

너무 앞서 나가지 말아야 해요.
먼저 사실을 파악하고 난 다음에야
정확한 판단을 내릴 수 있어요.

차 안에서 가장 걱정됐던 게 뭐였어요?

아들이 괜찮은 상태일까? 얼마나 타격을 입었을까? 무엇이 그렇게 힘들었을까? 해결해 줄 상태인가? 아니면 그 수준을 벗어난 것일까? 그 범위를 모르겠더라고요. 감이 안 왔어요.

우리가 일에서든 삶에서든 실패를 경험하고 패닉에 부딪쳤을 때 사람마다 헤쳐 가는 방법이 다 달라요. 짐작조차 못 하는 상황이었잖아요. 그럼에도 불구하고 나름대로 방법을 강구했을 것 같은데요. 미리 계획을 짜놓는다든지.

그 순간에는 아무런 정보가 없으니까 일단은 〈너무 앞서 나가지 말자〉고 생각했어요. 보통은 상상을 많이 하게 되잖아요. 최악까지 상상하는데 사실 팩트를 먼저 알아보는 것이 가장 선행되어야 할 일이에요. 사실에 직면했을 때부터도 풀어야 할 게 많을 테니까요. 무슨 이유였는지, 아들의 상태는 괜찮은지, 앞으로 계속할 수 있는지요. 사실을 파악하고 난 다음에 생각해야 정확한 판단을 내린다고 생각해요.

미리 겁먹지 말자는 마음이었군요. 집중해서 마인드 컨트롤 했네요.

왜냐면 남편이 정신 나가 있었으니까요. 숨소리만 들어도

알겠더라고요. 대신 겪어 주고 싶었지만 어쩔 수 없이
아버지로서 겪어야 하는 순간이죠.

자꾸 변명하고 설명하기 시작하면
상황들이 걷잡을 수 없이 지저분해져요.

사회생활 속에서도 그러한 실패가 나 혼자만의 것이
아닐 때가 있죠. 지금은 가족의 이야기지만 이것이
만약 회사의 어떤 일이라면 동료와 같이 커다란
타격을 받은 상황인데, 옆에 있는 사람을 의식하는
여유가 있었어요.

아니요, 저도 여유는 없었어요. 그런데 옆의 사람보단 있었던 것
같아요. 남편은 자기가 가장이고 군대에 관한 일이니까 꼭
책임져야겠다는 생각이었어요. 그래서 더 혼란스러워할 때 제가
먼저 〈일단은 아들을 만나서 물어보자〉고 했죠. 남편은 어떻게
언론에 이야기할지를 생각했던 것 같아요. 빨리 투명하게
밝히자고 하자고 하더라고요. 이야기들이 이상하게 나오기
전에.

거기에 대해선 당신은 어떤 의견이었어요?

거기까지 생각은 못 했어요. 불편했죠. 아들이 그런 질환을
가졌다고 어떤 부모가 언론에 대고 이야기하고 싶겠어요?
아들의 인생에 여러 가지로 불편할 일이 예상되었어요. 보통은
아들에게 허락을 구해야 해요. 그게 우리가 늘 해왔던 아들을
대하는 방식이었지만 남편이 그렇게 단호하게 말하니 이건
아들에게 물어볼 여지가 없겠다고 생각했어요. 남편은 언론을
잘 알고 모든 것이 공개된 삶을 너무 잘 아니까요. 이런 일이
있을 때 빨리 투명하게 말해야 한다는 것에 확신을 가진
전문가가 되어 버렸어요. 〈리스크 매니지먼트〉가 탁월해요.
거의 본능적으로 그런 결정을 한 거죠. 이렇게 말했어요.
「주은아, 난 다른 건 몰라도 살아오면서는 진실을 빨리
이야기하는 것이 나에게는 제일 잘 맞았어.」 오해가 생기고
시간이 걸리더라도 최선을 다해 진실을 밝히는 것이 가장
안전한 방법이라는 거죠. 자꾸 변명하고 설명하기 시작하면
상황들이 걷잡을 수 없이 지저분해진다고요. 공황 장애가
있다는 걸 다 공개하면 그 아이의 미래가 어떻게 되겠어요.
사람들이 이 아이를 보면서 어떻게 생각할까요. 별의별 생각이
다 났어요. 그 하룻밤 사이에 1백 년 지난 것 같았어요.
매니저한테 기자와 연결해 달라고 요청했죠. 그러고는 바로
인터뷰! 솔직하게 했어요. 기자가 묻더라고요, 이야기가 다

들어가도 되겠느냐고. 다 들어가도 된다고 했죠.

　　　최선을 다해서 진실을 이야기하는 것. 그게 최민수
　　　씨가 터득한 방법이군요. 진실을 말할 때 자신의
　　　부족한 점을 어쩔 수 없이 드러내는 것이 정말
　　　어렵잖아요. 하지만 그런 상황은 닥쳤고, 결정할
　　　시간이 거의 없는 상황이기까지 했군요. 그래도
　　　남편과 마음이 딱 맞았다는 것이 참 다행이고 감사한
　　　일이네요.

남편에게 고마웠어요. 처음엔 정말 이렇게까지 밝혀야 하느냐,
다른 방법이 없을까? 하고 물었는데, 남편이 이렇게 말했어요.
〈방법을 궁리하고 있다는 걸 모두 알아본다〉고요.
〈최민수 아들 최유성, 공황 장애로 퇴소.〉 첫 기사의
타이틀이었어요. 여지 없이 완전히 투명하게 제목이
올라왔어요.

　　　정말, 공개하길 원하지 않는 내용으로만 이루어진
　　　제목이네요.

남편이 그 이후 이렇게 말했어요. 〈우리가 할 수 있는 건 했지만,
그렇다고 해서 우리가 원하는 대로 반응이 나오지 않을 수도

있다.〉 우린 그것을 감안하고 있어야 했어요. 욕이 쏟아질 수
있다는 것도 각오했어요. 〈이것 봐라. 이럴 줄 알았다, 무슨
군대로 이렇게 법석을 떠느냐…….〉 한편 우리가 이렇게까지
했는데 욕을 먹을 수도 있다고 생각하니, 소화가 잘 안
되더라고요.

그걸 견디는 힘이 있어야 했겠죠. 다른 것도 아니고
소중한 아들에 관한 일들이니까요. 아들은 자신의
아버지에 대한 미안함이 크다고 했어요.

그날 저녁 자기 방에 있는 아이에게 괜찮으냐고 문자 메시지를
보냈는데 이렇게 답이 왔어요. 〈나는 괜찮아. 내가 더 걱정하는
것은 아빠야.〉 남편도 아들을 볼 때마다 굉장히 부드럽고 밝고
사랑스러운 아빠가 되죠. 그 모습을 보면서 아들은, 소름 끼쳐
해요.

하하하. 가족이 너무 마음이 잘 맞네요. 최민수 씨도
그렇고, 아들도 부모님의 마음을 잘 헤아리고자 하는
사려 깊은 마음을 가졌어요. 그런 가족의 조화로운
모습이 참 힘이 있어 보여요. 잘 극복될 것 같아요.

크리스마스 날에 우리 같이 울면서, 웃으면서 나름대로 예상치

못했던, 어떤 것보다 정말 귀한 크리스마스 선물을 받았어요. 며칠이 지나니까 그렇게 정리가 되더라고요. 부모님께도 영상 통화로 메리 크리스마스 전하면서 사진 찍었어요. 큰아들이 군대 가고 없어야 하는데 있게 되었으니, 그것이 정말 사진으로 꼭 남겨야 할 기념할 만한 일이죠.

〈리스크 매니지먼트〉에 대해 더 이야기해 보고 싶어요. 인생에서도 위기가 항상 오고 거기서, 정신을 차려야 하는데요. 호랑이한테 물려 가도 정신 차리면 살아남는다는 것이죠.

굉장히 잔인하면서도 와닿는 말이네요.

거의 호랑이한테 물려 가기 직전의 상황이었던 것 같아요. 당시에 빠른 판단과 서로에 대한 신뢰가 약했다면 굉장한 비극이 될 수도 있죠.

그런 순간에 모든 관계들이 다 깨지죠. 가족들도 예외가 없어요. 〈당신이 그랬지? 그때 왜 그랬어? 왜 방송 나갔어? 우리 처음부터 밝히지 않기로 했잖아?〉 하지만 그럴 때는 서로에게 손가락질하는 게 아니라 상황을 다 같이 그리고 빨리 받아 주는 것이 제일 중요해요. 불리한 상황이 왔다! 그러면 〈이게 누구

때문이지? 누가 뭘 했어야 했지?〉가 아니라, 그 상황을 있는
그대로 받아들일 자세가 있어야 한다는 것.

　　　나의 문제로 받아들일 자세? 내게 닥친 문제로
　　　받아들이고 어떻게 극복해야 할지를 같이 생각해야
　　　한다는 것이죠?

하나가 되기 *Unify*! 일단은 침착하게 마음을 다스리면서 해결책을
찾기 위해 한몸이 되어야 해요.

　　　하지만 그것이 쉽지가 않아요. 〈여기 책임자 누구야?
　　　왜 제대로 보고 안 했어?〉 이런 말이 본능적인
　　　반응이에요.

파주로 가는 길에 남편은 한마디도 하지 않았어요. 그때 제
가슴속에서 솟아오르는 〈그때 그 방송에 괜히 나갔다〉를 비롯한
여러 후회 섞인 생각들을 억누르려고 했어요. 표출해 봤자
오히려 상황만 악화될 게 뻔하니까요. 우선 가만히 있어 보자고,
좀 참아 보자고 계속 마인드 컨트롤을 했어요. 또 기자에게
연락하기로 마음먹은 그날 밤도 숨을 쉴 수 없었어요. 이것이 다
논란거리잖아요. 사람들은 그 기사를 보고 남의 일이니까 쉽게
판단하겠죠. 인간은 다른 사람의 의견에 동조하고

응원하기보다는 반대하고 깎아 내릴 기회가 있으면 그걸 서슴지
않고 찾아내요. 저를 좀 진정시키며 그런 어려운 밤을 보냈어요.
그런데 금요일 아침에 기사가 나오자마자 그 반응은
놀라웠어요. 과반수 이상이 우리를 응원하고 있었어요. 〈저런
와중에 나라 사랑을 위해 무리했구나, 진정한 남자다. 아빠도
멋지고 아들도 멋지다.〉 감사했죠. 물론 나중에 깎아 내리는
이들도 있었지만, 끝까지 부정하지 못했던 것은 이 아이가 복수
국적자임에도 군대에 가기로 스스로 결정했다는 것. 그 누구도
그걸 가지고 비난하는 사람은 없었어요. 게다가 입대 전에
나왔던 프로그램으로 많은 분들이 우리 상황을 이미 이해하고
있었어요. 방송 나간 지 얼마 되지 않았으니 사람들이 관심 있게
보게 되었을 거예요. 〈최민수 아들이 얼마 전에 군 입대했는데
바로 나왔대. 왜? 연예인 아들이니까?〉 그런 반응을 예상했지만
우리의 이야기와 고민들이 사전에 공유되었기 때문에
시청자들이 힘이 되는 반응을 보여 주고 응원해 주지 않았을까
하는 생각이 들어요.

    위기에 차분히 대응하다 보니 오히려 좋은 결과가
    나왔다는 말이에요. 이야길 듣다 보니 당신과 당신네
    가족이 취하는 소통의 방법 중에 가장 유용하다고
    생각하는 것이 바로 〈진실〉이에요. 있는 그대로
    이야기해 주는 것요.

그렇죠. 사람이 앞뒤가 다 맞아야 하죠.

네, 그리고 그 진실에 대한 용기도요. 부족한 내 모습을
그대로를 전달할 용기도 진심으로 느껴져요.

투명성을 지키기 위해서는 각오가 있어야 해요.
당장에 다치고 손해봐도 괜찮다는 각오.
그런 것을 너무 안 하려는 게 문제예요.

당시에는 어마어마한 손해를 볼 수 있어요. 하지만 조금 물러나
보면 그 손해가 결국은 손해가 아닌 경우도 많이 생겨요. 관점을
바꿔야 해요. 손해 보는 것, 실패했다는 그 고정된 관점에서
조금씩 벗어나 보면 실패하는 순간에도 대단한 열매가 숨어
있어요. 〈손해 봐도 괜찮다〉고 생각하고 자연스럽고 담대하게
대처하면 〈손해〉가 제자리를 찾아가요. 전 삶에서 그걸
느꼈어요.

남들에게 나의 실패를 보여 줘야 하는 상황, 쉽지
않아요. 그런데 꼭 그런 순간들은 오죠.

보통은 내가 가장 확대하여 느끼는 나의 부족한 점 때문에 괴롭고 힘든데, 그걸 자연스러운 내 긴 삶의 한 과정으로 인정하면 조금 더 수월하지 않을까 싶어요.

그리고 그것은 〈나는 지금 여기서 끝이 아니야, 지금은 부족해도 시간이 지나면 괜찮아져〉라는 자기 신뢰가 바탕이 되어 있지 않으면 어렵겠어요. 그런 면에서 담대히 손해를 보려는 그 마음도 이전의 경험에 의한 자기 신뢰이자 노하우라는 생각이 들어요.

투명하기 위해서는 용기가 정말 필요해요. 어느 정도 투명성을 지키려면 각오를 해야죠. 당장에 우리가 다치고 손해 봐도 괜찮다는 그런 각오요. 그런 것을 너무 안 하려는 게 문제예요. 저도 계속해서 단련하고 있어요. 스스로도 가식적이고 한참 멀었다고 느낄 때가 많아요. 그런데 제 남편은 처음이나 지금이나 너무 투명하거든요. 심지어 창피할 줄 알아야 하는 상황에서도 그렇지 않아요. 남편을 보면서 많이 반성을 해요.

이와 비슷한 맥락의 이야기가 될 수도 있을 겁니다. 우리는 사회에서 더불어 일하면서 타인에게 사과를 해야 하는 경우가 있어요. 사과도 위와 비슷한 마음가짐이 필요한 거겠죠?

사과는 기회예요. 우리가 무엇을 중요하게
여기는지를 표현할 기회요. 사과는
나의 원칙과 신념을 지켜 가는 과정이거든요.

사과는 정말 제대로 해야 해요. 얼마전 아들이 제게 사과를 해야
하는 상황이 있었어요. 그런데 자기는 이미 했다는 거예요.
「그랬구나. 그런데 그 미안하다는 마음을 너는 가졌겠지만
내게는 충분히 전달되지 않았어. 사과할 때 그 표현을 너무
아끼지 마. 네가 사과를 해야겠다고 마음먹었으면 충분히,
확실히, 차분히 전달해야 해.」
이렇게 말했어요. 정말 그래요.

해야 하는 상황이라서 어쩔 수 없이 사과하는 때도
있죠. 상대도 필요에 의한 것인지 진심인지 눈에
보여요.

사과는 기회예요. 상대에게 우리가 무엇을 중요하게 여기는지를
표현할 기회요. 어찌 보면 나의 신념과도 관계가 있어요. 사과는
나의 원칙과 신념을 지켜 가는 과정이거든요. 그러면 우리의
세계가 더 정확해지죠. 상대에게 내가 무엇을 중요하게
여기는지 표현할 수 있죠.

사과에 대한 다른 시각입니다. 유용하게 적용해 나갈 수 있을 것 같아요. 지금까지 위기의 상황에서 어떻게 대처해야 할지, 주변과 어떻게 소통해야 하는지에 대한 이야기를 나눴어요. 최근에 일어난 일은 개인적인 상황이긴 하지만 언론에 공개해야 하는 공적인 일이기도 했지요. 누구나 사회생활을 하면서 혼자서는 감당이 안 되는 갑작스러운 위기의 순간을 맞이합니다. 그런 상황에서 어떤 자세를 가지는 것이 현명한지, 어떤 생각을 마음속에 품어야 하는지 생생한 이야기를 통해 들어 봤습니다. 이 이야기가 책에 들어가도 될까요?

물론이죠. 그게 지금껏 우리가 나눈 생각들과 다 맞아떨어지고 연결이 되니까요. 또 실제로 많은 분들이 방송이나 기사를 통해 그 과정을 봤으니까요. 이런 이야기를 통해 어느 누구에게라도 이런 어려운 일이 일어날 수 있다는 것을 공유하고 싶어요. 그것이 작은 위로가 될 수도 있잖아요.

생각 7

어느 날 새벽 오토바이를 타고 서초동 사거리의 아주 오래된
향나무 아래서 사진을 찍고 싶다. 한 자리에서 8백 년이 넘는
시간을 감당한 그 나무를 보면 내 삶을 또다시 돌아보게 된다.

고정 관념을 깨는
연습을 해요

포르셰 클럽은 차에 관한 혜택을 주는 모임이 아니라, 순수하게 차를 사랑하는 자들의 모임이다. 거기에 더해 기부 문화가 이 클럽의 존재 의미를 더 풍부하게 만든다.

캐나다 상공 회의소에서 열린 캐나다 대사와의 대담 및 기업들 간 네트워킹 프로그램에서 모더레이터로 참여하였다.

틀에서 벗어나더라도 상황에 맞게
효율적으로 일하는 것이 더 괜찮지 않을까?
이런 생각이 들어요. 그런 욕심이 있어요.

매일 새해를 맞이하는 마음이어야 한다고 생각해요.
저는 〈매일매일의 싸움〉을 해요.

2021년 1월 첫 주 일요일에 하는 인터뷰입니다. 그런
만큼 이런 것부터 묻고 싶네요. 새해가 오면 보통 어떤
일들을 하나요?

별 다른 건 없어요. 그냥 저희 부모님과 영상 통화 정도? 특별히
뭘 하진 않아요.

새해를 시작할 때 올해는 더 성장하고 싶다는
생각들을 하게 돼요. 혹시 그런 생각도 하나요?

아, 참 이상하게도…… 딱히 그런 건 없어요. 많은 분들이
새해에 더 잘하자는 마음을 가지는데, 지금 생각해 보면 저는
그런 생각을 잘 안 해요. 〈새해에는 올해와 달리 뭘 더 이렇게
저렇게 하고 싶다〉는 생각은 아마 고등학교 때 친구들과 같이
했어요. 그때 이후로 새해에 대한 기대감이 그리 크지 않아요.
완전히 새로워지자는 마음도 없고요. 새로운 해보다는 하루하루
최선을 다하고 발전해야 한다는 자세가 더 강한 것 같네요.
매일의 마음이죠.

매일매일의 생각이지, 한 해가 끝나고 시작돼서 하는
생각이 아니군요.

시작과 끝은 곳곳에 있잖아요. 햇수로만 시작과 끝을 생각하는
게 아니고요, 어떤 프로젝트가 시작하는 때가 6월이면 그때 더
마음을 새롭게 하는 거죠. 학기 시작하는 3월에 더 마음을
단단히 먹게 되고요. 그래서 저는 꼭 12월이나 1월에 그런
마음이 생기진 않더라고요.

하긴, 우리가 열심히 살다 보면 새해에 대한 설렘이
금방 없어집니다. 3월, 4월, 다 지나가고 원래 살던
방식대로 돌아가요. 더 이상 새해가 아니게 되죠.

한 해가 새로 시작한다고 스위치가 딱 켜지는 게 아니니까요.
그렇게 해온 사람 한 번도 못 봤어요. 원래대로 돌아가죠. 저는
원래로 돌아가지 않기 위해 매일매일 그런 다짐을 하는 것이 더
중요한 것 같아요.

매일 새해를 맞이하는 마음이 되어야 한다!

시간이 나를 변화시켜 주지 않죠. 내가 변해야 그 시간이 의미가
있는 것이니까.

그것을 몸소 생활에 적용한다는 것이군요. 보통
내년에 운동하기로 마음 먹었으니 올해까지는 좀 편히
지내자고 생각하잖아요. 그런 생각이 하수처럼
느껴지네요.

학생 때 저도 새해엔 새로운 마음으로 도전하고 싶다는 다짐을
많이 했어요. 선생님들도 새해부턴 더 발전할 수 있도록
지도하죠. 그렇게 몇 년 지내다 보니 〈진짜로 우리가 바뀌나?〉
하는 생각이 들었어요. 어느 날 친구의 노트를 본 적이 있어요.
깔끔하게 정돈된 글자로 꾸준하게 노트를 쓰고 있더라고요.
마지막까지 한 페이지도 빠짐없이 다 똑같이 쓰여 있었어요.
그런 모습을 보고 굉장한 자극을 받았어요. 〈아, 저것이다! 나도
저렇게 하고 싶어.〉 새 책의 앞 장만 깔끔한 게 아니라 그 상태를
끝까지 유지하는 연습을 하고 싶었어요. 그때부터 저도 노트
필기를 정성스럽게 했어요. 하이라이트도 보기 쉽고 시원하게
했죠. 누가 이 노트를 보더라도 〈아, 이 사람은 정리가 되어
있구나, 일정하다, 부지런하다〉는 느낌을 받았으면 했어요. 그걸
스스로에게 원했어요.

〈꾸준히 해나가는 것〉에 대한 가치를 느끼고 영감을
받는군요. 꾸준함이라는 것은 시간이랑 연결이 되고,
시간이라고 하면 또 늘 앞서 이야기한 것 중 〈씨앗을

심어 놓는 것)과도 연결이 되네요.

맞아요. 새해 인사는 다 하더라도, 새해의 계획에 책임을 지는 사람은 많이 못 봤어요. 저도 마찬가지예요. 저도 저 자신을 아직 신뢰하지 못해요. 그래서 그런 거창한 거 말고 하나라도 책임지고 해보는 마음으로 〈매일매일의 싸움〉을 해요. 그냥 단순하게 하룻동안 나의 베스트를 해보자는 것.

유연성을 가지는 것이 중요해요.
나부터 완전하지 않기 때문이에요.

그러고 보면 어떤 틀이나 원칙 안에 있는 것보다는,
유연성을 가진 사람이라는 느낌도 있거든요.

맞아요. 굉장히 있어요. 인간은 자기 자신보다 타인에 대한 기대가 굉장히 많고 타인에 대한 조건도 많아요. 그러고는 항상 실망해요. 또한 자기 자신을 돌아볼 줄 모르고요. 늘 생각해야 해요. 〈나도 저런 상황 안에 있다면 저 사람처럼 실수할까?〉 그럼요! 할 수 있어요. 그런 이유로 내 마음에 안 들고 내 원칙에 안 맞고 내가 생각한 결과대로 안 되더라도 이에 관해 관대할

필요가 있어요! 그리고 타인에게 실망하기 전에, 그 입장이 되어
주자는 것이 우리가 살면서 연습해야 할 포인트가 아닐까요?
1백 명이 문을 닫는 그 순간, 나는 문을 열어 놓을 줄 알아야
한다는 거예요. 그런 순간에요.

그것이 우리가 세운 가치나 계획도 절대적이지 않으며,
때에 따라 유연성을 가져야 한다는 뜻인가요?

네, 맞아요. 그리고 이것은 창의성과도 연결된다고 생각해요. 그
창의성과 자유로움에 대해서도 할 말이 많아요. 제가 학생 때
캐나다에서 루츠*Roots*라는, 당시에 굉장히 유행했던 브랜드에서
일한 적이 있었어요. 로고 모양은 비버였고, 고급 가죽 제품으로
유명한 곳이죠. 그때는 이력서를 써본 적도 없는 대학
초년생이었죠. 메인 스토어가 시내 중심에 있었는데 그
스토어가 매우 멋졌어요. 고풍스러운 마룻바닥에 흰 벽! 멋쟁이
가게였어요. 지금 생각해도 인테리어 분위기가 우아하고
심플했죠. 벽 나무 선반들에 놓인 스웨트 셔츠들도 로고가 잘
보이게 놓여 있었고. 아래층에는 부츠, 신발, 재킷, 가방 등 가죽
제품들이 있었어요. 그때 무작정 그 메인 스토어에 들어가서
〈아르바이트를 할 수 있느냐〉고 물었어요.

왜 거기서 일하고 싶었어요?

잘나가는 가게니까요. 그만큼 그 가게에서 아르바이트를 하는 것도 영광이었죠. 거기서 일하는 것 자체만으로도 연예인이 되는 거예요! 나도 거기서 일할 수 있을까? 그냥 그런 단순한 호기심 같은 거였어요.

캐나다에선 아르바이트 지원을 그렇게 직접 하기도 하나요?

아니요. 그 가게의 매니저는 유대인이었고 게이였어요. 멋쟁이였죠. 다짜고짜 가게로 들어온 저를 보더니 막 웃더라고요. 〈이력서 가지고 왔느냐〉면서요. 〈그런 건 생각해 본 적이 없다〉고 하니 또 웃더라고요. 〈지금껏 아르바이트를 한다고 매장에 직접 찾아온 사람은 없었는데, 게다가 이력서까지 없다니, 그런 사람 처음이다〉라는 거예요. 「대체 어떤 배짱이기에, 이렇게 왔나요? 지금 잠깐 이야기 좀 해봅시다!」 그러고는 즉석 면접 후 채용되었어요. 여름 방학부터 그곳에서 일했죠. 거기서도 너무 재밌었어요. 그리고 2년째 되던 해부터는 제가 매니저까지 맡게 되었어요! 매니저로 간 매장은 토론토 중심가의 가장 큰 백화점에 있었고 루츠의 키즈 용품을 파는 가게였어요. 그런데 장사가 너무 안 되었던 거예요. 그러니 저보고 한번 그 매장을 살려 보라는 거였어요. 알아서! 지금껏

해왔던 방식이나 규칙 등 상관없어요. 가격도 알아서 정해
보라고 했어요. 그런데 제가 그 매니저 일을 맡으면서부터 옷이
잘 팔리는 거예요. 줄을 서고 야단이 났어요. 그때는
대학생이었는데, 휴학하고 그 매니저 일을 1년 했어요.

기존과는 다른 방식으로 일했나요?

네, 맞아요. 처음 들어가자마자 막 팔아 버려야 할 것들을
정리해서 시장에서처럼 쌓아 놓고 팔았어요. 한 번도 경영
공부를 해본 적이 없는 내게 그런 자리를 맡겼으니 정말 열심히
했죠. 그랬더니 그 브랜드 대표에게 어느 날 전화가 왔어요.
「매출이 대단해요. 우리가 큰 박수를 보내요!」
너무 신났어요. 내가 모든 결정을 내리고, 마음대로 팔았고,
칭찬까지 받았으니. 그것도 〈창의〉와 관련되는 것 같아요. 내게
주어진 틀에서 벗어날 줄 아는 것요. 리스크가 있었지만 그것을
안고 망해 가던 가게에서 수익을 만들었어요.

막상 들어가 보니 특별히
다른 것이 없더라고요. 전통적인 집안이든
잘나가는 브랜드든 큰 차이가 없었어요.

새롭게 주어진 일이었는데, 걱정이 되거나 어렵지
않았어요?

그 가게 자체가 저에겐 큰 도전이었어요. 옛날부터 토론토에서
잘나가는 집안의 아이들이 아르바이트를 하는 곳이었으니까요.
사실은 그곳에 제가 끼어들 자리는 없었어요. 그래서
궁금했어요. 나는 연줄도 없고 그 지역에서 오래된 집안도
아닌데요. 막상 들어가 보니 특별히 다른 것이 없더라고요.
전통적인 집안이든 잘나가는 브랜드든 큰 차이가 없었어요.

그들과 일하는 방식이나 태도가 달랐기에 이전과는
다른 매출, 결과가 나타난 것 같은데, 뭐가 달랐어요?

그들만이 가지고 있던 낡은 방식을 깨고 싶었어요. 그러면서도
제 성격상 〈튀지 않게 어울리면서 결과를 만드는 것〉이 굉장히
중요했어요. 한국에서도 물론이지만, 그곳에서도 그 선을 잘
지키고 싶었어요. 나서지 않고, 눈치를 보는 것이죠.

튀지 않게 밸런스를 유지하면서도 고정 관념을
자연스럽게 깨나가는 것을 즐기고, 습관적으로 생각해
오던 것에 〈왜 그렇지?〉라는 질문을 던지는군요.

네, 그런 것 같아요. 오늘 아침에 일어난 일도 같이 이야기할 수 있을 것 같아요. 아침마다 같은 곳에 들러 커피를 사 마시는데, 그때 사용하는 충전식 카드가 있어요. 좀 더 저렴하거든요. 그래서 그 카드에 넉넉히 충전해 놓고 늘 가지고 다녀요. 그런데 오늘은 직원이 〈고객님, 50원이 모자랍니다〉라고 하더라고요. 차에 가서 현금을 막 찾았어요. 하필 이런 날에 차에 10원 하나만 있어요! 다시 매장으로 가서 〈아, 10원 하나밖에 없네요. 제가 여기 자주 오는데요, 이따가 오후에 다시 와서 남은 40원을 드리면 안 될까요?〉 하고 물었어요. 매일 가지만 그분은 처음 보는 사람이었어요. 〈고객님, 죄송합니다. 안 됩니다〉 하더라고요. 그래서 〈알겠어요, 그럼 커피 사이즈를 줄여 주실래요?〉라고 물으면서 보니 이미 제가 처음에 주문했던 커피는 만들어졌어요. 하지만 제가 가진 돈으로는 살 수 없잖아요. 그 커피를 다 버리고 사이즈를 줄여서 커피를 처음부터 다시 만들더라고요. 그래서 〈오, 낭비가 많다. 그 원칙은 알겠는데 그 원칙을 깨는 것이 큰 문제는 아닐 것 같은데……〉라는 생각이 들었어요.

　　　　물론 우리가 규칙을 지켜야 하는 것은 맞지만, 어느
　　　　상황에서는 벗어날 줄도 알아야 한다는 것이군요.

네, 그 입장이 다 다르겠지만요. 그런 순간이 나에게는 답답해요.

상황에 맞게 좀 더 효율적으로 일을 하는 것이 더 괜찮지 않을까? 이런 생각이 들었어요. 그런 욕심이 있어요.

여러 가지 상황마다 추구해야 할 가치가 있잖아요. 이야길 듣다 보니 그런 가치의 우선순위가 딱 정해진 것이 아니라 계속해서 움직인다는 이야기로 들려요.

맞아요. 움직여요. 나만 좋기 위해서가 아니라 전체적인 그림 안에서 얼마큼의 원원을 획득할 수 있느냐를 물어요. 그런 판단과 실행은 어느 누구나 가능한 건 아니겠죠. 하지만 그런 연습을 하는 것도 좋지 않을까요? 덕(德)을 많이 만들어 낼 수 있는, 〈맥시마이즈 덕〉을 위해서요. 덕을 최대한으로 키우기 위해 상황을 유연하게 만들어 가는 것도 좋은 연습이 아닐까 싶어요.

하지만 개인마다의 경력이라든지 위치라던지 성격이라던지 차이가 있을 거예요. 상대가 생각하는 〈덕〉이라는 것이 나의 생각과는 완전히 다를 수도 있죠. 하지만 〈거기서 새로운 가치를 어떻게 더 만들어 낼까?〉, 〈여기서 효율을 높이려면 어떤 판단이 더 필요할까?〉, 〈매순간 이런 생각을 하는 것도 연습이다〉라는 개념을 머릿속에 가지고 있는

것만으로도 사람을 대할 때나 일을 할 때나
부드러워지고 더 능숙해질 거라는 생각이 들어요.
이런 큰 개념을 설명하기에 간단하고 명료한
에피소드예요.

사소한 에피소드이지만요, 그 여유, 유연성을 가지는 것이
제게는 중요해요. 나부터 완전하지 않기 때문이에요.

이 순간을 그냥 놔두는 걸
좋아하고, 그것이 나중에 선물처럼
이어지는 상상을 자주 해요.

아, 그러고 우리가 지난번 앨런 노벰버 선생님에 대해
이야기했잖아요. 그 인터뷰 이후에 바로 이메일을
보냈어요.

〈몇 년 지났는데, 혹시 기억할지 모르겠다. 우리의 학교에서의
만남 이후로 나는 2017년에 학교를 떠났고 내 경력의 방향은
완전히 달라졌다. 이번에 책을 쓰기 위해서 출판사와 이야기를
나누다가 교수님 생각이 났다. 처음 만났을 때의 기억이

되살아나서 안부 겸 연락을 드리고 싶었다.〉 바로 답변이 왔어요! 신기해요. 〈시간이 이렇게 지났는데도 연락이 닿아서 너무 반갑다. 내가 아무리 그렇게 여행을 많이 다녔어도, 절대로 당신 같은 사람을 만난 적이 없다. 처음부터 늘 그 느낌이 있었다. 어떤 도전이라도 잘 해낼 거라는 걸 알고 있다. 그리고 벌써 두 번째 책이라니, 얼마나 인생의 재미난 일들이 많았으면 벌써 두 번째 책을 내느냐. 내가 느낀 그대로의 결과가 이렇게 나타나는 것 같다. 어떤 일이 있었는지 궁금하다.〉 그래서 저의 변화된 상황을 알렸죠.

멋진 인연이에요. 그러나 흘려보낼 수도 있는 인연이죠. 아무 일도 일어나지 않기에 너무나 충분한 그런 사람이었어요. 나에게 직접 연결되어 찾아온 것도 아니었고요.

공통된 서클도 없죠. 그 사람은 보스턴에서 살고, 하버드에서 강연을 하는 분인데요.

또 결정적으로 그 인연을 놓치지 않은 것! 그걸 계속 붙잡는 그 특별한 감수성이 있어요.
매사 어떤 일이 생기더라도 그런 것들을 선물처럼 되새기고 어떻게 하면 의미를 가질지, 내 인생에 어떤

교훈이 될지, 이런 것들을 생각하는 거 같아요. 이런
것들이 자연스럽게 이루어지나요?

네, 이상하게 뭔가 당장 결과가 나오는 것을 그렇게 원하지
않아요. 저의 즐거움은 이 순간을 그냥 놔두는 것이에요. 그리고
그런 순간이 나중에 선물처럼 이어지는 상상을 자주 해요.
앞으로 긴 시간이 지나도 함께 누릴 수 있는 재료나 가치를
만들어 내는 순간을 저는 즐겨요.

저번 시간에 〈타인이 꼭 인정해 주지 않아도 된다〉고
말했어요. 그러나 실은 노벰버 선생님의 당신에 대한
말들, 그것이 사실은 당신이 바라는 인정 같다는
생각이 들어요. 에너지를 받았죠. 공식적인 인정이
아니라, 내가 바라는 인정이죠. 내가 인정받기를
원하는 그 부분을 누군가가 짚어 주고 표현해 주면
만족감을 느껴요. 그래서 본능적으로 잘 통하겠다는
분들에게 직접 가서 그 감정을 나누려는 마음이
생기는 게 아닐까요.

많은 사람에게 인정이나 확인을 받지 않아도 돼요.

강주은을 발견하는 사람들 말이에요, 당신이

발전시키려고 노력했던 부분을 알아채는 사람은
당신과 비슷한 성향일 경우가 많을 것 같아요. 그
가치를 같이 공감하고 느끼는 그 순간 깊은 기쁨이
오는 것 같아요. 그런데 그런 사람이 많이 없죠?

그래도 종종 있으니까 조금씩 저를 위한 만족을 챙겨요. 단
한마디라도요. 그리고 새로운 개념을 알게 되면 자극을 받아요.
꼭 공감하지 못하더라도 색다른 개념을 접하고 나면 영감을
느끼는 경우가 많아요. 아까 〈발견〉이라고 표현해 주었는데,
남편이 저를 처음 발견했죠, 저도 몰랐던 저를요. 전혀 내
스타일도 아니고 원하는 조건도 아니었지만, 이 남자가 나를
보자마자 〈이 여자다〉 하던 그 순간, 저는 거기서 어떤 삶이라도
나의 한 인생을 견뎌 낼 에너지를 받았어요. 그리고 그 믿음에
보답하고 싶었죠. 제게서 그런 자극을 받은 만큼 신뢰를 주고
싶었어요.

그렇게 나를 발견해 주는 사람을 주변에 두나요?

전반적으로는 제가 굉장한 외톨이예요. 혼자 잘 지내요.
친구라는 개념이 저에게는 조금 다른 것 같아요.

그 앨런 노벰버 교수님과의 관계가 친구 같다는

생각이 들어요. 나의 소소한 생활을 나누지 않아도,
서로 통하는 사람이 있죠.

네! 사람마다 재능, 매력이 있잖아요. 어제도 그런 사람을
만났어요. 포르셰 클럽에서 같이 활동하는 분이에요. 저보다
두세 살 더 많은 남자분. 클럽 초창기 때부터 같이 시작한
분인데, 그분이 목동에서 주유소를 운영하고, 자동차 튜닝을
전문으로 하는 숍도 같이 운영해요. 어제 그곳에 가서 제 차
수리를 맡겼어요. 직원분들이 30년을 같이 일했대요.
직원들과의 관계도 좋은 분이죠. 그 공간에 가면 영감을 받아요.
세트장처럼 깔끔하게 잘 꾸며 놓았어요. 차 네 대가 들어가고,
장비들이 먼지 하나 없이 장식처럼 놓여 있어요.

깨끗하면서도 효율적인 공간이군요.

그렇게 멋진 사업장은 처음 봐요. 차를 맡겨 놓고 그분과
사무실에서 차를 마시면서 이야기를 나누는데 정말 열심히 사는
한 남자예요. 저와는 다른 세계의 사람이죠. 또 외국인 학교에서
만난 독일인 학부모 한 분도 생각나요. 그분을 볼 때마다 늘
이분의 삶은 어떨까 궁금했어요. 그런 정도로 기가 막힌
모습으로 학교에 와요. 예를 들어 머리띠 하나가 시계와 색이 딱
맞는데, 그 센스가 감탄스러워요.

세련된 감각을 가진 분이네요.

정말 평범한 분이었어요. 하지만 옷으로 자신을 나타내는 법을 정확히 알았죠. 그것만으로도 존경할 수 있었어요. 비싼 가방을 들어서가 아니에요. 그냥 스웨터, 머리띠, 티셔츠가 조화로웠어요. 자신의 체형도 잘 알아서 세련되게 표현할 줄 알았던 것 같아요. 나도 안경을 가지고 싶다는 생각이 들 정도로 정말 잘 어울리는 안경도 쓰고 있었고요. 막상 제가 안경을 써야 하는 시기가 와서 안경 관리가 어렵다는 것을 알게 되니 그렇게 잘 어울리는 안경을 가지고 다니는 게 대단하다는 것을 알았어요.

자기 표현, 자기 취향을 잘 알고 그걸 단정하고 세련된 방법으로 표현하는 모습에 자극을 받는군요.

네, 그리고 또 제가 저번주에 한 대기업의 사모님을 뵈었어요. 제가 장 여사님이라고 부르는 분이에요. 올해 80세가 넘으신 분인데, 요즘 대중 교통을 이용하신대요. 평생을 기사가 운전해 주는 자동차를 타고 다니시던 그분이 서울의 이곳저곳을 다니면서, 거리의 그리고 버스 안의 사람들을 보고, 각각의 삶을 상상해 보신대요. 그리고 새삼 서울이 이렇게 아름다운 곳이었구나 감탄하신다는 거예요. 이제야 내가 철이 든 게 아닐까 하면서요. 그런 이야기들은 제게 정말 많은 자극을 줘요.
그 연세가 되시도록 건강한 것도 참 놀랍고요. 대기업과
관계되어 있으면서 얼마나 많은 일들이 그분의 삶에
있었겠어요. 대단한 부와 명예도 있었을 것이고. 그런데 그
겸손함과 순수함, 그리고 솔직한 면모를 보면서 참 놀라웠어요.
또 제가 늘 만나는 방송국 PD들도 있고, 또 이 책을 발행하는
출판사 대표님도 저에겐 그런 존재예요. 나름대로 자기의
장점과 능력을 발전시키면서 삶을 이끌어 나가는 분들에게서
저는 좋은 영향을 받아요. 사람이 살아가는 데 혼자는
어렵잖아요. 응원이든 자극이든 필요해요. 그렇게 타인에게서
영감을 느낄 수 있는 나를 만들어 나가는 것도 중요하다고
생각해요.

생각 8

첫 직장은 13년을 다녔고, 한국에 와서 받은 차는
10년을 탔고, 포르셰 자동차는 40년 좋아해 왔다.
무슨 일이든 꾸준히 하는 편이다.

자꾸 갈아타지
않아요

모두 남자인 이 클럽 안에서도 역시 소통을
담당하고 있다. 내 꿈의 차와 관련해 다양한
활동을 할 수 있어서 늘 감사한 마음이다.

캐나다 상공 회의소는 서울에 온 이후 계속 나의 사회생활의 연결고리가 되는 곳이다. 후원 기업을 만나 미팅을 하는 자리가 많다. 캐나다 연방 탄생 150주년 기념 홍보 대사로 선정되었다. 전 세계 150명의 홍보 대사 중 하나로 선정된 것이다.

〈의리파〉는 제가 늘 꿈꾸는 저의
모습이거든요. 바람 부는 대로 휘둘리는
사람은 아니었으면 좋겠어요. 좋은 흐름을
타려는 사람들의 뒷모습이 어떤지 많이
봤어요.

여기서도 서로의 입장을 들어 주면서
조율하는 일을 맡았어요.

포르셰 클럽의 부회장으로 2006년부터 15년 동안
활동해 오고 있어요. 오랫동안 그 클럽을 지키고
자리를 유지하는 것이 결코 쉬운 일이 아니에요.
게다가 자원 활동이죠. 그 이야기를 들어 보고 싶어요.
우선 처음에 그 차를 어떻게 가지게 되었어요?

2006년에 용산 국제 학교 설립을 마친 뒤였어요. 어려운
프로젝트 하나를 마치고 나니 입사한 지 3년이 된
시점이더라고요. 포르셰는 어릴 때부터 꿈꾸던 자동차였어요.
한번 타보기나 하자고 생각하고는 기분 전환 겸 테스트
드라이브하러 갔어요. 살 의향은 정말 없었어요. 그런데 신나서
온몸이 떨리더라고요. 약간 혼이 몸에서 빠져나가는
느낌이랄까? 집까지 차를 몰고 와서 한참이나 차를 둘러보면서
〈내가 이 차를 타봤다니, 대단하다〉 하면서 감동받았어요.
그러고는 집에 있는 남편에게 지하 주차장으로 내려오라고
전화했어요. 남편은 이 차를 보고는 이미 구매한 줄 알았대요.
제 차가 맞느냐고 여러 번 물어봤어요. 남편은 10년 전부터
2년마다 저에게 차를 바꾸라고 했었는데 그동안 바꾸지

않았거든요.

「지금이 적절한 타이밍이야. 당신이 원했던 차로 바꿔.」

그 말을 듣는 순간 정말 마음이 크게 흔들렸어요. 여태까지 남편의 지원으로 살아오면서 함부로 차를 바꿀 생각을 하진 않았어요. 그런데 드디어 제가 일을 시작했고, 또 보통 어려운 게 아닌 큰일을 무사히 마친 시점이었으니, 저를 좀 칭찬해 주고 싶다는 생각도 들더라고요. 내게 차를 살 권리가 생겼다고 생각했어요. 그래서 눈을 질끈 감고 취직한 이후 3년간 받은 수입을 차를 구매하는 데 사용했어요.

굉장한 의미를 가진 구매네요.

네, 그렇죠. 국제 학교를 설립하고 나니 성취감도 컸고요, 일에 더욱 몰입하여 앞으로 더 단단한 내 세상을 만들어 가야겠다는 결심을 했어요.

〈내 세상을 만들어 가겠다〉라는 것은 구체적으로 어떤 의미인가요?

남편의 세상에서 오랫동안 살았어요. 남편의 언어인 한국어만 써야 했고 남편이 사준 차를 타고 다니면서 남편과 일하는 사람들을 관리하고 남편을 통한 방송 일도 해야 했죠. 그런데

이제야 저의 모국어인 영어로 소통하는 나만의 세계에서 일하게
되었어요. 이 한국 땅에서 영어로만 소통하는 세계가 있다는 게
참 고마웠어요.

　　　3년간의 시간을 통해 자연스럽게 한국에서 자신의
　　　세계가 가능하다는 걸 알게 되었네요.

처음 맡은 업무가 정말 중요한 사업이었으니까요. 학교 하나가
세워지는 걸 눈으로 보면서 스스로 해냈다는 자신감을
느꼈어요. 역할을 부여받으면 난 뭐든 해낼 수 있는
사람이라고요. 그전까지는 집안일에만 집중했거든요. 물론 그
일도 대단한 일이이긴 했어요.

　　　이 사회 속에서 나의 색깔을 드러내는 것에 성공을
　　　했다는 것을 입증하는 나만의 심볼이 바로 그
　　　포르셰였군요!

맞아요. 단순히 새 차를 가진다는 의미가 아니었어요.

　　　나를 위한 의미를 스스로 만들었네요. 그 이후에
　　　클럽은 어떻게 만들게 되었나요?

당시 포르셰 한국 지사 대표와 알게 되었어요. 저보다 두 살 더 많았고, 결국 그 사람이 제 친한 친구 중 하나가 되었어요. 여태까지 알아 왔던 친구들 중 하나인 것처럼 서로 잘 맞았어요.

첫 만남은 어땠어요?

대치동 전시장에 갔었는데, 전시장 안에 있는 것보다는 밖에 서 있던 포르셰가 눈에 들어오더라고요. 그래서 관심 있게 보고 있었죠. 알고 보니 그 차가 한국 지사 대표의 차였던 거예요. 그래서 그분을 만나 대화를 나누게 되었고, 쿵짝이 잘 맞는다고 느꼈죠. 제가 좋아하는 차에 대해서 얼마든지 이야기할 수 있었어요. 그분은 포르셰를 한국 시장에서 성장시켜야 하니 저처럼 차에 관심이 많은 사람들과 소통하길 원했어요. 저는 공인과 결혼했고 유명세를 활용한다면 포르셰 브랜드의 인지도를 높일 수 있는 기회였죠.

서로 필요로 하는 부분들이 맞았다는 거죠?

네, 그리고 우리는 좋은 친구가 되었어요. 이후 우리는 포르셰 한국 클럽을 시작했어요.

클럽은 사업적인 차원이었나요?

처음엔 단순한 취미를 공유하는 모임이었어요. 저도 이 차의 애호가들을 끌어올 수 있다고 생각했어요. 그게 2006년이었어요. 대표 역시 포르셰에 관심 있는 분들을 많이 모아 줘서 저 역시 발이 넓어졌죠. 소규모로 번개 모임도 종종 열었어요. 트랙을 빌려서 드라이브 대회도 열었고. 구체적인 방향 없이 그저 편안하게 즐겼죠.

　　차를 좋아하는 사람끼리 모여서 단순히 즐기기 위한 활동을 했군요.

네, 그러다가 어느 날 대표가 〈공식적인 클럽〉에 대해서 생각해 보자더라고요. 그래서 클럽을 설립하는 이유나 어떤 사람을 모집하고 싶은지 등등 같이 생각했죠. 독일 본사에서 인정한 공식적인 클럽이 되는 과정에서 그 대표의 도움이 컸어요. 한국 시장에서도 인지도를 키워 나가던 시기였으니 때도 적절했죠. 초창기엔 이사를 포함한 임원이 총 여섯 명이었어요. 멤버마다 고유 번호가 있는데 대표는 001, 저는 002예요. 저는 부회장을 맡았고, 올해도 같은 활동을 하고 있어요. 올해 15년차네요. 지금 8기 임원들이 활동 중이에요. 그 모든 역사가 포르셰 클럽 웹사이트에 올라가 있어요.

　　정식 모임이 되면서 어떤 일을 새롭게 했어요?

순조롭게 진행되었나요?

제가 생각하는 클럽이란, 차를 좋아하는 오너들끼리 만날
기회를 제공하고 각종 행사를 통해 기부 활동을 하는 거였죠.
그러나 많은 사람에게 클럽은 그저 차를 구매할 때 혜택을 받는
곳일 뿐이었어요.

개념 자체가 달랐네요.

네, 클럽을 통해 포르셰 홍보 활동을 하면 바퀴를 교체할
때라던가 차의 옵션을 추가할 때 싸게 할 수 있지 않을까 하는
그런 생각들이었죠. 하지만 대표가 거절했어요. 클럽이란
순수하게 차를 사랑하는 사람들을 위한 것이지 각종 혜택을
주기 위해 존재하는 것이 아니라고요.

그런 문제는 언제 대두되었던 거예요?

클럽 설립 시 임원을 구성할 때부터요. 임원을 제안하니 그러면
무슨 혜택을 얻을 수 있는지 묻더라고요. 서로 추구하는 방향이
달랐어요. 그리고 처음엔 대부분이 그런 혜택을 강력하게
요구했어요.

특히 포르쉐를 홍보하는 임원들은 그만큼 클럽 문화를
만들고 홍보하는 데 시간을 들이는 것이니 그만큼 더
특별한 혜택이 있어야 한다고 생각하는 것이었군요.

네, 서로가 원하는 합의점을 찾아야 클럽이 시작되잖아요.
그때도 제 역할은 대표와 독일 본사 그리고 임원들의 입장을
조율하는 역할이었어요. 학교에서 용산 국제 학교 설립할 때
각각의 입장과 의견을 조율했던 것처럼요. 심지어 제 취미
활동인 포르쉐 모임에서도 그 역할을 하게 되더라고요.

집 안에서도, 직장에서도, 취미 활동에서도 늘 그런
역할을 맡게 되네요. 클럽의 취지와 그 클럽에
들어오길 원하는 사람들의 이해가 상충되었잖아요.
그것을 어떻게 해결했어요?

충돌되는 의견이 있거나 이해가 필요한 부분이 생기면 직접
이해시키고, 서로의 입장을 들어 주었죠. 한국은 직책이 정말
중요한 것 같아요. 누가 회장이 될 것이냐?

사업도 아니고, 능력을 가늠할 수 있는 조직도 아닌
이곳에서는 어떤 사람이 회장을 맡게 되나요? 그리고
그 역할은 무엇인가요?

초창기에는 사람이 많지 않았어요. 여섯 명뿐이었으니까. 당시 회장은 멤버들과 직접 소통이 가능한 사람이었고 어떤 행사를 연다면 모두 책임져야 했어요.

시간과 능력을 많이 투자하는 자리였네요. 자원 활동이었죠?

완전히! 일이 어마어마하게 많았어요. 네, 무급이지만 상당한 자부심을 느끼는 자리였죠. 저는 그 자리를 맡아 본 적이 없지만 옆에서 지켜보니 자부심이 상당한 것 같아요.

포르셰라는 브랜드의 파워 때문인 것 같아요.

저는 그 자리에 대한 책임을 지지 못할 것 같아요. 제가 맡은 부회장은 필요할 때만 일을 하면 돼요. 멤버들끼리 충돌이 생길 때가 있어요. 누구는 자신의 뜻을 강하게 주장하며 정해 놓은 규칙을 따르지 않고, 누구는 자신의 사업을 클럽의 멤버들과 연결시키려고 하는 등 상상하지 못하는 일들이 일어나곤 해요. 주로 전화 통화를 하면서 직접 소통하려고 해요. 그렇게 빠르게 답을 찾아요.

회원이 되려면 오너이기만 하면 되나요? 아니면

포르셰를 소유하지는 않지만 관심만 있어도 클럽의
일원이 될 수 있나요?

들어올 수는 있는데, 멤버십의 등급이 달라요. 소유한 분들은
높은 등급이 주어지고 각종 행사에 참여할 수 있고, 게스트를
동반할 수 있어요. 기본 회원은 이런 행사에 올 수는 있지만
깊게 관여하거나 참여는 하지 못해요. 대중에 공개된 클럽이라
규칙들이 필요했어요.

지금 회원이 어느 정도 있나요?

4천 명 정도 있어요. 그중 실제로 활동하는 회원은 2백여
명이에요.

그럼 회장과 부회장은 그 2백 명을 중점으로 관리하는
역할이군요?

네, 클럽이 커가고 클럽 외부에서 나이나 지역별로 따로 모여
활동하는 멤버들이 생기면서 점점 컨트롤하기 어려워졌어요.
이분들은 각각의 세계에서 왕들이죠. 초창기엔 임원 중에
여자도 저밖에 없었어요. 밸런스가 필요했어요.

포르쉐를 가질 정도의 여유가 있는 사람들은 각자의
자리에서 어느 정도 경험과 지위가 있을 텐데 그런
이들을 하나로 이끌기 위한 소통이 어려울 것 같아요.
밸런스라는 건 남녀의 비율?

그런 남자들 사이에서 여자로서 그 의견을 조율하기는 오히려
쉬웠어요. 남편이라는 존재가 늘 제 배경에 있었기 때문에 남자
비율이 훨씬 많은 이 세계 안에서도 자유롭게 활동했어요.

매너를 잘 지키며 그 위치에서 필요한 역할을
잘했다는 뜻으로 받아들여집니다. 가장 중요한 건
15년 이상 같은 자리를 유지했다는 거예요.

저에게는 이 차에 대한 순수한 열정이 있어요. 어릴 때부터요.
제가 마음 놓고 좋아하는 그런 자리를 찾아가고 만들어 가요.

언제 처음으로 포르쉐에 열정을 품게 되었어요?

어렸을 때부터 아빠가 1년에 한 번 겨울에 열리는 모터쇼에
데리고 갔어요. 초등학교 때부터 눈 오는 날 털모자, 장갑,
스키복으로 무장하고 새로운 차를 보러 갔어요. 킨텍스에서
개최하는 모터쇼처럼 해마다 열리는 그런 행사장에 같이

구경하러 갔어요. 항상 포르셰를 보러 간 거죠.

아버지와 공통된 기호가 있었군요. 아버지가 차를
좋아했어요?

네, 너무 좋아했어요. 우리가 항상 포르셰를 보면서 바라보기만
하는 꿈 속의 차라고 생각했어요. 내가 그 차의 오너가 될
거라는 생각은 못 했어요.

그러면 그 차와 40여 년 이상 같이 있는 거네요. 취미나
기호가 이렇게 오랫동안 지속되기도 하는 걸까요?

그러게요. 저를 돌아보면 그런 것들이 좀 있어요, 꾸준한 뭔가요.

이 책을 준비하면서 예전 당신의 방송 영상들을
찾아본 적이 있는데, 그때의 모습과 현재의 모습에 큰
차이가 없더라고요. 평소에 주로 입는 옷의
스타일이나 머리 모양, 화장 스타일, 액세서리 등 너무
비슷해서 놀랐어요. 보통은 그 시대의 유행이나
흐름을 타게 마련이잖아요. 공식적인 자리에서의
모습보다는 주로 집에서나 평소의 모습이 가끔씩
카메라에 담겼을 때 그런 느낌을 받았어요.

그렇게 의식하고 있진 않은데, 그럴 수 있어요.

제가 종종 듣는 말이 있어요.
당신은 의리파다. 처음엔 저보고
깡패라는 줄 알았어요.

포르셰를 가지면서 어릴 때부터 꾸준히 마음속에 담아
왔던 것을 이루었어요. 그리고 그것을 소유하는
것에만 그치지 않고 클럽까지 설립하고 그 가치를
높이기 위해 기부의 성격을 더해 놓았어요. 그 즈음에
TV 진행자의 경력도 생기고, 무엇보다 국가 사업인
용산 국제 학교를 설립하는 그런 과정들을 겪으면서
어디서든 스카우트나 또 다른 제의가 왔을 것 같다는
생각도 드는데요.

맞아요. 제의가 들어왔어요. 2006년 송도 신도시 계획에
참여하는 한 미국 회사였어요. 대한민국 정부와 송도시를 같이
만들어 가야 하는데, 자신들의 대외 협력 팀에서 일하겠느냐는
거였죠.

지금까지와는 또 다른 차원의, 더욱 큰 사업이네요.

궁금하더라고요. 그래서 송도에 가서 오리엔테이션까지
참석했어요. 한편으로는 용산 국제 학교 설립할 때 같이 일한
변호사에게 물어봤어요.
「이곳에서 나에게 제안이 들어왔는데 어떻게 생각해요?」
그러자 이렇게 대답해 줬어요.
「20년 계획하는 건데 어려움이 많을 거예요. 솔직히 말하면
어떻게 풀릴지 앞이 잘 보이지 않아요. 섣불리 관련을 맺는 것이
위험해 보여요.」

　　　단순히 육체적, 정신적으로 힘든 게 아니라
　　　법적으로도 여러 가지 일에 휘말릴 수 있다?

그쪽의 제안은 거절했어요. 그 변호사의 말도 일리가 있었지만,
그 당시 제 마음은 학교에 있었거든요. 어쨌든 그러는 와중에도
한 번 더 관련된 행사에 초청받아서 갔어요. 송도를 개발하기 전
전체 계획을 보여 주는 홍보 차원의 멋진 행사였는데, 아주 멋진
조감도 이미지들이 벽면 한가득 계속해서 돌아가더라고요. 제일
인상적이었던 것은 뉴욕에서 관련 개발 업체의 직원들 2백여
명이 한국에 왔는데, 그 모습이 다들 영화배우 같았다는 거예요.
아카데미상을 받으러 오는 분위기랄까? 나비 넥타이에 다들

우아하고 멋있게 꾸미고 왔더라고요. 그 모습을 보면서 〈아, 이런 걸 내가 안 하겠다고 한 거구나〉 싶었어요.

아쉬웠나요?

당연하죠. 그 순간 내가 잘 생각한 게 맞나? 그 변호사는 괜히 질투가 나서 나에게 그렇게 말한 건가?

하하. 그 제안은 누구를 통해서 들어온 거였어요?

미국 상공 회의소의 한 분이었어요. 용산 국제 학교 설립 과정을 다 아는 분이니 제가 어떤 일을 어떻게 했는지도 다 알았죠. 한편 한 도시를 만드는 그런 큰일을 하려면, 인생을 접어야겠다는 생각이 들었어요. 게다가 학교 일이 많아지고 제가 책임져야 할 일들이 더 생기면서 더 집중해야겠다는 생각이 머릿속에 자리잡던 때라서, 쉽게 마음을 접었죠. 그런데 그런 멋진 파티를 보니까 마음이 흔들리긴 했어요.

어떤 자리에서 어떤 역할을 할 것인지를 조금 더 객관적으로 판단한다는 생각이 들어요. 국가 기관과 함께 학교 하나를 설립하고 나면, 더 큰일도 잘할 수 있겠다는 자신감이 생겼을 텐데요.

네, 마음은 그랬죠. 욕심을 낼 수도 있었어요. 하지만 그때는 또 열심히 학교를 잘 키워 나가자는 사명감도 충만했을 때니까 그 선택은 제게 자연스럽지 않다는 생각이었죠.

좋은 제안이 오면 이직을 생각하죠. 어떤 선택이 옳을까를 많이 고민해요. 보통은 연봉이 높거나 자유도가 높은 곳을 택하겠죠.

제가 종종 듣는 말이 있어요. 당신은 의리파다. 처음엔 그게 무슨 뜻인지 몰라서 저보고 깡패라는 줄 알았어요.

하하.

처음엔 남편 때문에 그런 소리를 듣나 싶었죠. 〈내가 의리파라는 말을 들었는데 이게 무슨 말이야?〉 그러자 남편이 변함없이 한곳에, 한 관계를 신뢰하며 오랫동안 유지하고 지켜 나가는 사람이래요. 〈아, 맞아. 그게 나야!〉 그 뜻을 알았을 때 너무 감사했어요. 왜냐하면 〈의리파〉는 제가 늘 꿈꾸는 저의 모습이거든요. 바람 부는 대로 휘둘리는 사람은 아니었으면 좋겠어요. 일에 대한 나만의 목표, 도전, 가치를 생각하는 것도 중요해요. 제가 확실한 의리파라고 말할 수 있는 단계는 아니지만, 정말 그런 사람이 되고 싶어요.

마음이 혹하는 것은 너무나 자연스러운 인간의 모습이죠! 더 편안하고 이익이 많은 쪽으로 흔들리는 마음을 다잡는 것이 참 어려운 일이에요. 그런 말은 어떤 상황에서 듣나요?

요 근래에도 매니저가 저에게 25년 동안 한 분에게 보험을 맡기는 걸 보고는 〈참 의리파예요〉라고 했어요. 요즘 보험은 빠르고 혜택 좋은 것이 많잖아요. 제 보험을 봐주시는 분은 할머니예요. 이분과 뭘 하려면 정말 시간이 오래 걸려요. 매니저가 정말 답답해할 정도로요. 돈을 아끼면서 더 빠르고 간단한 방법을 찾아주는 사람을 알아보자고 여러 번이나 말했어요. 그런데 얼마 전에는 이렇게 말하더라고요. 「물론 다른 곳에서 더 이득을 보고 돈을 아끼겠지만 이분이 25년 넘게 모든 일을 해주셨기 때문에, 아무래도 편안한 면이 많겠죠. 굳이 바꾸지 않아도 괜찮을 것 같아요.」

어떤 마음인가요?

제가 돈을 아무리 아껴 쓰려 해도 어디선가는 빠져나가게 돼요. 그것이 내 것이 아니었다면 언젠가는 나가요. 내 것이라면 내가 모르는 데에서라도 들어올 것이고요. 인생에는 흐름이 있는 것 같아요. 그 흐름을 자연스럽게 타고 싶어요. 가장 좋은 흐름을

탄다고 하면서 지금 당장 유리한 쪽으로 막 머리를 써서
이것저것 갈아타는 사람이 있어요. 그런데 저는 그런 마음을
내려놓았어요. 저는 그런 타입이 아닌 게, 많은 정보를 빠르게
소화시키지 못하는 편이거든요. 그렇게 하고 싶어도 못해요.
그리고 그렇게 왔다 갔다 하는 사람들을 보면 신뢰를 잘 못
하겠더라고요. 그런 사람을 대할 때, 〈저 사람은 나를 이리저리
따져서 자기 유리한 대로만 판단할 거다〉라는 생각도
자연스럽게 들더라고요. 저는 그러고 싶지 않아요. 좋은 흐름을
타려는 자들의 뒷모습이 어떤지 많이 봤어요.

　　　어떤 모습들이었는지 사례가 있다면 좀 들려주세요.

한 가지 공식만 있는 건 아니에요.
우리가 가진 재료가, 환경이, 스토리가 달라요.
같은 입장이 없어요. 결국 우리 자신에 달려 있어요.

한 남자가 있었어요. 국내 대기업에서 일했고 그 이후에 외국
기업에서도 일했어요. 어느 날부터는 매번 저를 찾아와서 서울
외국인 학교에 한 자리를 맡고 싶다고 하더라고요. 그리고 오직
저만이 자기를 도와줄 수 있대요. 왜냐하면 제가 어느 정도 저의

자리에서 안정을 찾았던 시기였고, 그러니 학교와 다리를 잘 놔주길 바랐어요.

도와줬나요?

네, 이야길 들어 보니 경력도 좋았고 한국 생활을 오래한 만큼 이 문화를 잘 알기 때문에 학교에 도움이 될 것 같았어요. 한국 사회 안에서 발이 넓을 테니 그런 부분을 학교에서 잘 활용하면 좋겠다고. 결국 그 남자가 학교에서 일하게 되었어요. 그런데 매번 그렇게 도와달라고 찾아왔던 때를 까맣게 잊었는지, 일하면서 남의 성취를 자신의 일인 것처럼 말하는 모습을 보이더라고요. 저한테도 그랬고요. 그 사람을 보면서 뭔가 자신의 이익을 위해 이리저리 부자연스럽게 애쓰는 것이 저와는 잘 맞지 않는다고 생각했어요.

생각이 자신에게만 한정되어 있는 사람이네요.

각각의 인생에는 그 시기에 맞는 흐름이 있는 것 같아요. 그 흐름을 인정하고 그 안에 들어가면 자연스러워요. 주변의 상황들도 보이고요. 하지만 억지로 찾아다니려면 조급해지고, 그러면서 자신에게만 집중하게 돼요. 결국 안 좋은 모습으로 귀결되는 상황들이 벌어져요. 저는 그런 모습이 되고 싶지 않더라고요.

자신의 이익이나 권리만 먼저 생각하는 사람의,
조금은 적나라한 모습이군요.

저의 방식이 옳다고 말하는 건 아니에요. 한 가지 공식만 있는
건 아니니까요. 우리가 가진 재료가, 환경이, 내력이 달라요.
같은 입장이 없어요. 결국 우리 자신에 달려 있어요. 내가 어떤
방식을 택할 때 거기서 어느 정도 얻고 싶은지, 그로 인해 어떤
결과가 나올지, 어떻게 말해야 할지, 그것을 다 책임질 수
있어야 해요.

생각 9

생방송 바로 직전까지도 MD나 PD들과 이야기를
나눈다. 생방송은 즉흥성이 중요하다. 여기에
강해져야 한다.

손해 보기 좋은
사람이에요

홈 쇼핑에서 상품을 어떻게 소개하고
방송을 구성할지 논의하는 과정은
일주일에 두 번 이루어진다. 확인하는
자리가 아닌, 많이 배우는 자리이다.

서울에서 열린 서울 외국인 학교의
동문회. 학교 기부 문화에 대해서
이야기를 하고 있다.

홈 쇼핑 방송 시작 직전에도 타 방송의
분위기나 실적에 따라 우리 방송의
방향이나 순서가 조금씩 달라지기도
한다. 늘 유동성을 생각한다.

이런 쇼가 처음이니, 홍보 포스터도
처음으로 찍어 봤다. 「굿라이프」의
공식적인 첫 포스터.

내가 주인공이라고 생각하기 쉽죠. 하지만
그게 아니에요. 제 말이 중요하지 않은 순간이
훨씬 많아요. 당연히요.

씨앗은 결과가 아니죠.
모두가 급하게 결과를 보고 싶어 해서
어려운 거예요.

만일 상사가 부하 직원과 같이 일을 하는데, 모든 일을
떠맡기는 상황이 계속 생겨요. 부하 직원은 아무 이유
없이 모든 일을 하느라 고단하죠. 어느 날 부하 직원이
이렇게 생각해요. 〈내가 그렇게 만만한가?〉

손해를 보는 상황이죠. 하지만 내 할 일이 아닌 다른 일까지도
잘 해내 버리면, 그 순간은 괴롭고 힘들어도 회사 안에서 입지가
생겨요. 결과적으로 자기 재산이 되죠.

대부분이 그 순간의 손해를 잘 못 견뎌요. 그것이
회사를 떠나는 이유가 될 정도로요. 일이 주어졌을 때
긍정적인 사인을 보이는 사람이 있고 부정적인 사인을
보이는 사람이 있는데, 상사의 입장에서는 기분 좋게
일하고 싶잖아요. 그러니 매번 긍정적인 사람에게만
일이 몰려요. 그럼 그 사람은 어느 순간부터 왜
나에게만 일이 몰리는 건가 의문이 들거나 불만을
가지기 시작하겠죠. 〈착해서 그래. 만만해서 그래.

다음번엔 친절하게 응대하지 말고 무표정으로
반응해.〉 이런 말들이 주변에서 들려요. 당신이라면
어떤 이야기를 해주고 싶어요?

그런데 잘 생각해 봐요. 그 일이 왜 몰릴까요? 회사에서 일들은
해낼 수 있는 사람에게만 간다고요. 능력치가 있는 사람이죠.
믿고 맡길 수 있는 사람요. 우선 일이 자신 앞에 있다면 그것은
자신이 그 일을 잘해 낼 수 있다는 신뢰를 받는다는 뜻이에요.

네, 하지만 일의 분배는 어찌 보면 배려의 문제일 수도
있어요.

그럴 때도 있어요! 그때는 상대가 배려의 생각이 부족한 경우죠.
내가 생각하는 지점만큼 상대는 생각이 거기까지 못 미쳐요.

일과 사람에 대한 파악이 좀 부족하기 때문이다?

아무래도 그렇지 않을까요? 그러니 좀 더 알고 느끼는 사람이
결국 일을 맡아서 하게 돼요. 그리고 당장에는 손해인 것처럼
보여도 장기적으로 더 많이 남는 것 같아요.

회사원들은 이런 말을 달고 살아요. 〈버티는 자가

승리한다.〉

동의해요. 충실하게 주어진 일을 하면 나중에 어느 누가
보더라도 흔들림 없는 신뢰가 쌓여요. 일정하게 일을 해내는
사람으로 인식돼요. 그게 가장 중요하거든요. 긍정적인 태도도
중요해요.

　　　　당신은 어떤 자리에서도 긍정적으로 일을 받아들이는
　　　　편인가요?

네, 좀 그래요. 우선 아이디어가 좀 많아요. 어떤 일이 생기면
방법들이 바로 머릿속에 그려져요. 그래서 충동적으로 그 일을
맡아 버릴 때도 있죠. 그리고 간단해 보이는 어떤 일을 누군가가
맡아서 힘겹게 해내고 있다면, 그걸 보는 것도 잘 못 견뎌요. 그
일의 결과도 걱정이 되고요. 그 스트레스를 받으니 그냥 내가
해버릴 때가 많아요. 그러니 시간들이 쌓이면서 일정하게 일을
해내는 사람으로 인식되는 것 같았어요. 그것이 저는
장기적으로는 자산이 된다고 생각해요. 저에 대한 신뢰가
쌓이는 것이죠.

　　　　학교에선 임원이었고 한 팀의 리더였죠. 이력서도
　　　　많이 받아 봤을 텐데요.

네, 여러 이력서를 받아 보았죠. 대단한 학력과 스펙이 많았지만 제가 우선 중점을 두고 본 것은 일단 얼마큼 오래 한곳에서 일을 했는지였어요. 오랫동안 일정하게 한곳에서 일했다는 건 많은 고비를 버텨 왔다는 뜻이에요. 경력은 화려하지만 짧은 기간 안에 여러 번 이직을 해왔다면 좋은 것 같지 않아요. 다들 어떻게 생각하는지 모르겠지만, 저는 그래요.

한곳에서 오래 일한다는 것, 참 어려워요. 당장 해야 할 일이 너무 벅차다면, 멀리 내다보기보다 눈앞에 닥친 일에만 급급하게 되죠. 그러면서 충동적으로 그만두거나 시작하게 되고요.

장기적인 관점을 가지려면 의식적으로 훈련해야 해요. 하지만 아무도 그것을 쉽게 못해요. 인간은 본능적으로 편한 곳을 찾으려 하고 부담이 없길 바라기 때문에 더욱더 의도적으로 연습해야 해요. 저도 예전이나 지금이나 손해 보는 것 같고 불편하게 느껴지는 상황들이 자꾸 생겨요. 긴 인생 길에는 자꾸만 불편한 것들이 와요. 손해를 보는 상황이 계속 닥쳐요. 여유가 없고 힘든 순간에 그런 것을 신경 써야 하나? 그러나 외면하지 말고 직시해 보세요. 그렇게 훈련해 보세요.

피하고 싶어도 현실적으로 버텨야만 하는 상황도 많죠.

그런 순간에도 좀 더 의식하면서 견뎌 보라는
이야기인가요?

네,「굿라이프」하면서 내가 주인공이라고 생각하기 정말
쉬워요. 하지만 그게 아니에요. 제 말이 중요하지 않은 순간이
훨씬 많아요. 그리고 그럴 때마다 손해인 것 같아요. 내가
만만한 사람이 되는 것 같아요. 당연히요.

내 이름의 쇼인데도요.

그렇죠. 아까 씨앗을 심는 것이 어떤 것인지 구체적으로 뭐냐고
했죠? 그것은 〈기다리는 자세〉일 수도 있어요. 씨앗은 결과가
아니죠. 그것이 힘든 이유는 모두가 급하게 결과를 보고 싶어
하기 때문이에요. 인내하면 할수록 손해만 보는 것 같으니까요.

당시 내가 가지고 있던 세계 속에서는
명백히 실패였지만, 그것이 오늘에 와서는
꼭 필요했던 보물이었죠.

손해를 보는 것이 어떤 사람한테는 실패로 느껴져요.

그러니까 모두들 피하고 싶어 하겠죠.

그렇죠. 그런데 그 실패가 실은 보물 같은 거예요. 우리가 보는 관점을 확실히 달리해야 해요. 기분 좋은 일을 해내는 순간도 중요하지만, 그 악몽 같은 순간도 내 인생에서 필요한 재료가 돼요. 제 인생의 과거를 돌아보면서 실수한 순간은 남편이랑 결혼한 것!

하하.

그것이 이제 와서 보물 같은 순간이라고 느껴요! 당시 내가 가지고 있던 세계 속에서는 명백히 실수고 실패였지만, 그것이 오늘에 와서는 꼭 필요했던 보물이었죠.

실패가 당시에는 너무 수치스럽고 그만두고 싶고, 주변인들에게 원망이 생기기도 하거든요. 책임감이 클수록 그런 괴로운 생각도 무시할 수 없을 정도로 순식간에 사람을 잠식할 수 있어요. 그렇게 실패를 부정적인 것으로만 생각하고 어서 빨리 잊어버리고 싶죠.

그 실패를 그대로 두지 않고, 보물로 바꾸는 자세가 필요해요.

저는 실패를 발전의 계기나, 부족함을 알아차리고 채워야 할 것을 알려 주는 메시지로 생각해요. 힘든 고비나 짜증 나는 상황들이 오면 그것을 가지고 나만의 요리를 해요. 젊었을 땐 별로 신경 안 써요. 하지만 나이가 들고 개념이 점점 차가면서 이런 것들을 더 의식하는 게 좋아요.

　　실패에서도 나만의 색을 찾고, 나만의 재료를 　　찾아보라는 이야기군요.

연습한다는 생각으로 한번 자신의 삶 속에 존재하는 불편한 상황을 떠올려 보세요. 그것이 진짜로 불편하기만 한지, 아니면 그 안에서 내가 활용할 만한 것이 있는지 자세히 살펴보는 그런 연습이요.

　　재료라는 말을 자주 써요. 그 말은 각각의 재능이나 　　특성 같은 의미로 다가오는데요. 실패와 손해를 옆에 　　두고 보는 인내의 재료가 당신에게 있어요.

각자가 가진 재료가 다 달라요. 다양한 재료들이 있고, 그것을 인생에서 잘 활용하면, 뿌듯함을 느끼게 돼요.

　　어떤 재료가 당신에게 또 있나요.

저는 사람에게 관심이 많고, 도움을 주고 싶고 만족감을
선사하기를 즐겨 하는 성격이에요. 그래서 봉사 활동도 하죠.
캐나다 상공 회의소에서 자원 활동을 하고 있는데, 그것도 저의
그런 재료를 살리는 일이라는 생각이 들어요.

도움을 받을 수 있는 사람에게만
잘해 주는 그런 그림이 저는 싫어요.
너무 뻔해요.

캐나다 상공 회의소에서도 꽤 오랫동안 활동해 왔죠.
구체적으로 어떤 사람을 만나며 일을 했나요?

캐나다 상공 회의소에서 행사를 기획하면 저는 기업이나
업체들에 그 프로그램이나 행사의 후원을 요청하는 역할을 자주
했어요. 학교에서도 했던 일과 비슷하죠. 또 상공 회의소에
후원을 해주겠다는 기업이 있으면 같이 만나고 어떤 곳인지,
어떤 도움을 서로 주고받을지 알아보는 것이죠. 얼마전에도
여의도에 새로 들어온 페어몬트 앰배서더 호텔의 지배인을
만났어요. 저는 이렇게 캐나다 상공 회의소와 관계된 모든
기업을 지속적으로 만나면서 서로에게 어울리는 행사를

조율하고 소개해 주는 역할을 해요. 캐나다 상공 회의소에서
오래 봉사하는 이유도 그 역할이 계속해서 필요하기 때문이죠.

많은 업체와 브랜드의 대표들과 만나는 역할을 하는데
그들이 원하는 것, 필요한 것을 잘 알아야겠네요.
그래야 순조롭게 연결이 바로 될 테니까.

다짜고짜 후원을 요청하는 것이 아니라 그들에게도 관련된
사람이나 활동을 지속적으로 소개해요. 이 모든 과정은 신뢰를
쌓는 일이에요. 유명 배우가 남편이라는 배경은 제 역할을 더
확보해 줘요. 절대 저 혼자 할 수 없었어요.

최근엔 국제 아동 인권 권리 센터의 이사로도 활동을
시작했어요.

작년부터 함께하게 되었어요.

그것도 자원 활동인가요?

네, 맞아요. 유엔 아동 권리 위원장을 지냈던 이양희 교수를
통해서였어요. 예전부터 알고 지냈는데 저를 그 센터의 이사로
초대해 줬어요. 종종 만나서 밥을 먹거나, 미용실에서 만나기도

했어요. 그럴 때마다 제가 학교 기부 활동에 대해 이야기하면
〈우리 재단에도 강주은 씨 같은 사람이 필요하다〉고 늘 말씀해
주셨죠. 그러다 작년에 본격적으로 제게 제안해 주셨어요. 아직
많은 일을 하지는 못했지만, 저는 홍보 활동과 주변에 후원을
요청하는 일을 하게 될 거예요. 코로나19로 멈춘 상태이지만
본격적으로 역할을 찾아야죠.

     새로운 자리 축하해요. 바람직하고 꼭 필요한
     일이에요.

예전부터 학교나 포르세 클럽을 통해서도 동방 사회 복지회란
곳에 후원을 했어요. 미혼모를 지원하는 활동도 했고요. 후원을
하면서 많은 문제점들을 알게 되었어요. 정부에서 아무리
지원을 해주어도 도움을 받지 못하는 경우가 많다는 것과
기존에 만들어진 법들이 바뀌어야 한다는 점들이요.
아이러니하게도 아동 인권에 관한 안 좋은 뉴스들이 나오면서
오히려 관심이 커지고 관련 재단들에도 힘이 실리게 되었어요.

     그 자리를 수락하는 과정은 어땠나요?

이양희 교수는 제가 존경하는 분 중 한 명이에요. 그분이 서울
외국인 학교 졸업생이기도 해서 학교 행사에 참석해서 좋은

이야기도 많이 해주셨고요. 아직 1년밖에 되지 않았고, 앞으로
팀원들과 중요한 일을 많이 만들어야 해요. 제안을 받았을 땐
역할이 명확하지 않았어요. 초청해 주셨으니 실망을 시키고
싶지는 않은데 저도 제 역할을 잘 모르겠다고 사과드렸어요.
우선 제 인스타그램 팔로워가 많으니 활용할 수 있을 것 같은데,
그걸 아직 어떻게 활용해야 할지 잘 모르겠어요. 오로지 제
사진과 개인 생활을 공유하는 용도로만 사용하기 때문에 아직은
그림이 잘 그려지지 않아요. 우선 그쪽의 홍보물을 같이 점검해
보기로 했어요. 그래서 한 달에 한 번 실무진들과 미팅하는
자리가 있고요, 대학생들과 함께하는 온라인 미팅도 계획
중이에요. 어떻게 하면 흥미를 유발할지, 그 방법이나 관련
콘텐츠를 계속해서 연구해 봐야죠.

다양한 사람을 만나면서 요청하고, 제안을 해야 하는
상황들이 끊임없이 이어지네요.

학교 일을 오래 한 덕분에 많은 사람을 알게 되었고, 남편
통해서도 많이 만나 왔어요. 남편에게 관심 있어서 저를
만나려는 사람도 있었을 거고, 개인적으로 저에게 호감이
있어서 온 사람도 있을 거예요. 그래서 어찌 보면 늘 눈치를
봐요. 이분은 어떤 관심이 있어서 내게 왔을까? 만일 저에 대한
관심이 있으면 빨리 판단해서 내가 아는 어디와 연결해 줄지를

생각해요. 내가 무슨 도움을 줄 수 있을까? 늘 그런 준비를 해요.
제가 도움을 요청하는 자리라도 마찬가지예요. 기부를 요청할
때도 그냥 받는 것만 생각하지 않아요. 내가 상대방에게 앞으로
무슨 도움이 될까? 그 생각이 먼저예요.

> 받아야 할 상황에서도 먼저 줄 것을 미리
> 생각하는군요.

이 세상엔 무료가 없죠. 누구에게서 도움을 받으면 분명히 내가
뭔가를 해줘야 하는 날이 와요. 그래서 그냥 내가 도움을 주는
비율이 더욱더 많아야겠다고 생각해요. 저는 기부금을 모아야
하는 입장이지만 동시에 가치 있는 것으로 되돌려 주는 사람이
되고 싶어요. 그리고 나에게 도움을 줄 상황이 아닌 사람에게는
더 도움이 되고 싶어요. 그것이 제 삶의 테마예요. 제가 도움을
드릴 때는요, 내가 받을 거라는 기대를 아예 하지 않아요.
학교에서도 저와 업무적으로 가장 연결이 안 되는, 청소해
주시는 분이나 경비 서주시는 분들에게 시간을 아끼지
않았어요. 도움을 받을 수 있는 사람에게만 잘하는 그런 그림이
저는 싫어요.

> 너무 뻔한가요?

아주 뻔한 그림이죠. 학교에서 근무할 때도 주변 분들과 인생 이야기 나누고, 개인적인 이야기들 나눴어요. 그래서 제가 떠날 때 그분들이 다 모여서 송별회를 해 주셨어요. 실은 그런 시간들을 통해서 기쁨을 느껴요. 더 받을 게 많아요.

어떤 기쁨요?

그 만족감은 어디서 오느냐면, 저와 이야기를 나누는 동안 그분들이 그 시간을 즐기는 게 느껴져요. 그 모습이 제게 참 대단한 에너지를 줘요.

상대방이 기뻐하고 좋아하는 것을 보면 힘이 난다는 것이죠?

인간이라면 누구라도 인정받고 관심받고 싶어요. 어딘가가 아프다면, 〈어디가 아파? 좀 힘들어? 어떻게 하면 좋을까?〉 이런 관심을 원해요. 아무도 관심 안 주면 얼마나 섭섭해요. 저는 그걸 알기 때문에, 특히 제 남편이 그런 관심이 필요하다고 하면 그 단순한 일이라도 쪼개고 쪼개서 질문을 만들어요. 열이 난다고 하면 〈아주 뜨거운 열이야? 견딜 만한 열이야? 열 때문에 또 어디 아픈 데가 있어? 그럼 어지러운가? 어지럽진 않아? 그럼 내가 검색해봐 줄까? 그럼 지금 먹고 싶은 건 뭐야? 새콤한 거?

아니면 따뜻하고 고소한 거?) 오버의 오버의 오버를 해요. 그게
관심이니까요. 그래서 해야 할 일이 많아도 그 순간들을 그냥
보내지 않아요. 상대가 만족스러워하는 모습을 보면 제 가슴이
꽉 차요.

> 상대에게 관심을 가지고, 상대의 만족스러운 모습을
> 보면서 기쁨을 느끼는군요.

이건 제가 가진 재료예요. 자신이 어떤 재료가 있는지 알면
그것으로 나만의 요리를 만들 수 있고 그러면 어느 날은 남이 내
요리를 부러워할 수도 있어요. 우리는 모두 각각 훌륭한
재료들이 있어요. 그 재료를 가지고 요리할 줄 알아야 해요.
사람에게 만족을 주는 걸 좋아하는 저의 이러한 재료가 다양한
활동들로 이어지는 것 같아요.

토요일 오전 「굿라이프」 생방송 전 스튜디오에서
진열된 상품을 확인하고 있다. 카메라 여러 대가
제품과 진행자를 수시로 비추는데 그 순서에 이제는
적응이 되었다.

신뢰를 주는
옷차림이
중요해요

보통은 캐주얼 옷차림을 좋아한다.

포르쉐 클럽의 기부금을 전달하러 갈 때도 늘
의상에 신경 쓰고 구두도 골라 신는다.

친구가 찍어 준 사진. 입학식 날 입학생들과 그 가족들에게 학교를 소개하고 있다.

남성들 틈에 끼어 있어도 구두 덕분에 어깨를 나란히 할 수 있다.

상대가 나를 보고 자신감 있다, 일하는 데에도
신뢰가 간다고 느끼도록 옷차림에 신경 써요.

그러면서도 꼭 지키고 싶은 것이 있었어요.
누가 봐도 〈자신감 있고 깔끔한 여자〉라는 것을
보여 주겠다는 것.

아, 머리 파마했어요? 보기 좋아요.

　　　　감사합니다. 당신도 늘 헤어스타일이 정돈되어 있어요.

네, 저도 파마 머리인데, 방송 때 드라이해서 풀어 놓죠. 그래야
볼륨이 있어요.

　　　　헤어스타일도 직접 결정하죠?

한국에서 어떤 스타일이 괜찮을까? 그게 항상 1순위예요.
그래서 나이에 대한 신경을 많이 써요. 제 나이에 뭐가 어울리고
뭐가 맞는지도 중요하니까요. 완전히 순수한 내 취향대로는
아니고요. 일하는 환경 속에서 잘 맞아야 한다고 생각해요.
어떻게 옷으로 우리를 표현할지도 중요한 것 같아요. 예를
들어서 학교에서 근무하며 입었던 스타일을 이야기해 볼까요?
거기서는 거의 남자였어요.

맞아요, 사진을 보니까 정말 그렇더라고요.

무슨 말인지 완전히 알겠죠? 그곳은 백인 남자의 세계라고요.
그래서 여자가 끼어 들어가는 것 자체가 큰일이에요. 게다가 이
동양인 얼굴로.

그렇구나. 사진 속의 강주은 씨가 낯설었어요.

말로만 듣는 것과 실제로 그 이미지를 보니 또 다르죠? 제가
강당에서 이야기하는 사진요, 친구가 찍어 준 사진이에요.
남자들 사이에 있는 그런 상황뿐이었어요. 제가 일하는 순간을
잘 표현하는 저에겐 모처럼 기록이 되는 유일하고도 소중한
자료예요. 그런 사진이 남아 있다는 게 감사해요.

입학식 때 사진이죠?

연단에 서서 새로운 입학생들과 학부모에게 학교에 대해
소개하는 모습이에요. 무대 위의 임원들도 다 저를 보고 있죠.
13년 동안 일하면서 제가 사람들 사진을 찍었지 제가 찍힌 적은
거의 없었어요.

그때 어떤 내용의 인사말을 했어요?

부총감이 되기 전이었어요. 그래서 〈나는 대외 협력 이사이다.
오늘의 출발을 축하한다. 이 학교는 자부심을 가질 만한 전통이
깊은 학교이다. 물어볼 것이 있거나 궁금한 게 있으면 언제든지
내 사무실에 와달라.〉 그런 식으로 했어요. 그 말 뒤의 제가 넣어
놓은 후크는 〈기부〉였죠. 그게 목표였어요. 기부를 받을 수 있는
길을 만들어 가는 과정이죠. 어떤 부모님들은 기부가 가능하고
어떤 부모님들은 기부가 가능하지 않죠. 항상 그걸 감안하면서
어떻게 하면 새로 만난 학부모님들이 친근감을 느끼게 할지
고민하면서 그렇게 간단히 소개를 했어요.

　　　현장의 사진이 꽤 있어요. 정말 일하는 모습을 실제로
　　　볼 수 있고, 이 안에 담긴 이야기들이 궁금해요.

좀 더 찾아 보면 나올 거예요.

　　　텔레비전에서 보는 것과는 또 다른 느낌이에요.
　　　자연스러운 직장인의 모습. 옷차림부터 그래요.

일할 때 나름대로 신경을 많이 써요. 최근에 이런 이야기를
들었어요. 〈여자가 본능적으로 아름답게 꾸미는 것은 남성의
시선을 받기 위해서가 아니라 다른 여성의 눈에 들기
위해서이다.〉 그 말을 같은 여성들의 응원을 받기 위해서라는

뜻으로 받아들였어요.

동의합니다.

저는 주로 남자들과 일했어요. 제 자리는 정말 미팅의
연속이었어요. 매일 아침마다 2시간 동안 회의하는
생활이었어요. 각 부서별 미팅도 있었고요. 그럴 때마다 늘
의식한 것은 제 주변 남자들이 저에게 가지는 편견을 깨고
싶다는 마음이었어요. 전 소수의 여자이고, 학교에 들어오기
전에 내세울 만한 유일한 경력이 바로 미스코리아 대회였으니,
모두가 저를 어떻게 생각했을까요? 자신을 보여 주길
좋아하겠다는 편견이 있었을 거예요. 그걸 깨고 싶었죠.
그러면서도 꼭 지키고 싶은 것이 있었어요. 누가 봐도 〈자신감
있고 깔끔한 여자〉라는 것을 보여 주겠다는 것. 치마를 입을 땐
길이를 무릎 선이나 무릎 밑으로 입었어요. 올라가진 않았어요.
앉더라도 다리가 너무 보이지 않도록요. 주로 정장 바지를 많이
입었고요. 원피스도 길이가 적당한 걸 입었어요. 그런 옷차림에
자연스럽게 익숙해져 갔어요. 어떤 미팅이 예정되어 있으면
어떤 사람 사이에 앉아야 한다는 것까지 다 생각했어요. 그래서
〈그럼 오늘은 신경 안 쓰이도록 바지가 좋겠다〉 하는 거죠. 일
외에는 신경쓰고 싶지 않았으니까요. 그런 면에서는 굉장히
보수적이에요. 윗도리는 절대로 가슴팍이 보이지 않도록

했고요. 그렇게 일에만 집중할 수 있게 입었고, 상대가 나를 보고 〈자신감 있다, 일하는 데에도 신뢰가 간다〉고 느끼도록 옷차림에 신경 썼어요. 주로 기본 정장을 입었고 엉덩이가 잘 드러나지 않도록 긴 블라우스도 자주 입었어요. 너무 타이트해 몸이 드러나지 않도록 사이즈도 신경 썼고.

　　학교의 이사로서, 부총감으로서 역할을 잘하겠다는 느낌을 주는 것이 우선순위였군요.

네, 학교 부지를 걸어다니면서 사람들에게 공간를 보여 줘야 하는 날이면 실용성 있게 바지에 편안한 신발을 신었고요. 자리에 따라서 더 격식 있는 옷차림을 입기도 했어요.

　　자신의 취향도 있을 텐데 그것은 배제했나요?

맞아요.

　　원래 취향은 어떤가요?

멜빵 옷을 참 좋아해요. 투박하고 캐주얼한 스타일을 즐겨요. 신발은 운동화.

신발도 중요하죠?

일할 때는 구두가 저의 힘이었어요. 키가 커도 항상 굽이 높은
걸 신었어요. 아마 제 머릿속에서는 키 큰 백인 남자들과 같이
일하니까 저도 만만치 않다는 뜻으로 키를 내세웠어요. 그게
머릿속에 항상 있었어요. 같이 섰을 때 남자들과 키 차이가 너무
나지 않게요. 제 키가 173센티미터인데 구두를 신으면 상당히
올라가요. 두껍지 않지만 단단한 굽으로, 오래 걸어다녀도
무리되지 않는 구두를 신었어요. 굽이 단단하면 걸음이
당당해져요. 저희 집 밑에 구두 수선집이 있어요. 거기에 제
구두를 다 맡겨요. 밑에 미끄럽지 않도록 고무창을 달아 줘요.
또 걸을 때 잘 안 미끄러지고 딱딱 소리도 안 나고요.

〈구두는 나의 힘이다〉, 재밌는 표현이에요.

구두에는 욕심을 냈어요. 비싼 구두를 좋아했다는 뜻이
아니고요. 어떤 옷을 입더라도 꼭 어울리는 구두가 반드시
있어야 한다는 원칙이 있어요. 검은 신발은 기본이었고 갈색,
회색, 크림색이 있었어요. 그리고 제일 아꼈던 남색도 있고요.
새미 가죽으로 된 그 남색 신발이 참 고급스럽고 흔치 않은
스타일이었어요.

지금은 어떤 신발을 주로 신어요?

학교를 떠나고 나서는 99퍼센트는 나이키 에어포스라는 흰
운동화를 떠나질 못해요. 치마든 바지든 청바지든 이것이 제일
편안하고 마음에 들어요. 나이 때문인지 편안함 이상 필요한 게
없더라고요. 가끔씩 다른 신발을 신을 때가 있는데 역시나
일어나자마자 생각 없이 신는 것은 나이키 에어포스.

나이키 에어포스를 신는 50대 여성은 처음 만나네요.

사람들이 몰라서 그래요. 그거 한번 신기 시작하면 발이 다른
구두에 안 들어가요. 정말 그래요.

살다 보니 조용한 톤이 늘 안전한 것 같아요.
음성에 대한 민감함이 참 중요해요, 옷차림만큼요.

말투에 대해서도 이야기하고 싶어요. 항상 고상하고
차분한 말투가 좋다는 반응이 있죠? 그것도
의도적으로 만들었나요?

아니요. 그건 선택의 여지가 없었어요. 살기 위해서였어요.

　　　　살기 위해서?

제 모국어가 영어이고, 영어로는 톤이나 단어 선택이나 말하는
방법이나 표현이나 분위기 등 원하는 대로 할 수 있어요.
한국어에서는 달라요. 처음 이곳에 왔을 때 어떤 기준으로 말을
해야 할지 방법을 전혀 모르겠더라고요. 두려웠어요. 저 같은
사람은 빨리 그 기준을 알아야 해요. 이 사회에 자연스럽게
맞추고 섞이도록 참고할 기준요. 회의하는 것과 같아요. 누가
얼마큼 알아들을지 그 입장에 맞춰서 발언하고 보고해야 하듯,
저도 한국 사회에 맞추어야 했어요. 처음에는 제 나이에 맞는
말투, 톤, 단어, 표현들에서 어떤 것이 옳은 건지 기준을
가늠하기가 어려웠어요. 그도 그럴 것이 제 옆에는 남편밖에
없잖아요. 게다가 남편의 말투나 어휘 선택이 제가 참고할 만한
것들이 아니었어요. 그럼에도 불구하고 그 안에서 배워야 했죠.
참 어려운 공부였어요. 남편은 누구와도 어디서든 편하게
말하는 스타일이었죠. 심지어 사투리를 쓸 때도 있었어요.
남편의 고향은 서울이지만 지인 중에 사투리 쓰는 사람이
있었던 모양이에요. 전 그런 것을 잘 모르고 어느 여성들과의
격식 있는 식사 모임 자리에서 〈허벌나게 맛있네요〉라고
이야길했어요. 그러니 다 웃더라고요. 왜 웃는지를 몰랐죠.

그렇겠어요. 외국인으로서 각 단어의 분위기나 배경을 다 알기에는 시간이 필요하죠.

뭐가 웃기지? 뭔가 잘못된 것 같았지만 또 남편은 자연스럽게 그 말을 써요. 의미상으로 틀리진 않았는데 뭐가 웃겼을까? 나는 몰랐죠. 그런 단어들이 그동안 제 머릿속에 입력이 되어 있었죠. 당장 다 선별할 순 없으니, 〈우선 조곤조곤하게 말을 해야 실수하더라도 그냥 넘어가지 않을까?〉 하고 생각했죠. 얼핏 분위기에 맞지 않는 단어가 들려도 그냥 넘어갈 수 있도록요. 그렇게 저의 한국어 말투와 톤이 나왔어요.

말투뿐 아니라, 톤도 조용조용해요. 어떤 상황에서도.

볼륨에 대한 개념을 준 사람이 제 남편이에요. 저는 원래 기분이 좋으면 목소리가 올라가요! 학교 다닐 때도 친구들이 〈조금만 작게 말해 봐!〉 할 정도로 늘 하이 텐션이었죠. 기분이 좋으면 순수하게 신났거든요. 그럴 때마다 남편은 〈주은아, 소리를 조금만 낮춰 줘. 내가 지금 그 기분이 아니야〉 하고 말하더라고요. 너무 당황스러웠어요. 그런데 살다 보니 조용한 톤이 늘 안전한 것 같아요. 그런 인식이 생기니 식당에 가더라도 여성들 테이블의 음성이 막 올라가는 게 너무 잘 느껴져요. 〈이 테이블은 시끄럽다. 이분들은 내 남편같이 음성에 대해서

이야기해 주는 사람이 없었구나.〉본인들의 자유이지만, 많은
이들을 상대할 때는 과반수가 불편해하는 볼륨은 주의해야 할
것 같아요. 음성에 대한 민감함은 옷차림만큼 굉장히
중요하다고 생각해요. 당당해야 할 때가 있고, 조곤조곤해야 할
때가 있죠. 방송에서 제 목소리가 쨍쨍하면 〈저 사람은 목소리가
듣기 불편하다〉고 생각될 거예요. 게다가 한국어도 서투니 더
그렇겠죠. 한국어가 어색하더라도 차분한 톤으로 이야길하면
상대가 귀를 기울여 주게 되더라고요.

중요한 메시지가 담긴 이야기라도 톤과 표정, 제스처
때문에 듣기 불편한 경우도 있습니다. 예전에 당신이
손 제스처를 자제하기 위해서 의식적으로 기도하듯이
손을 모으는 연습을 했다는 것, 기억나요.
일맥상통해요. 얼굴 표정도 신경 쓰나요?

표정도 문화적인 것 같아요. 저는 맛있는 걸 먹을 때 미간을
찌푸려요. 「굿라이프」에서 방송할 때 한 업체가 뭘 마시거나
먹을 때 미간을 찌푸리지 말라는 요청을 하더라고요. 사람들이
맛이 없다고 생각한다고요. 〈아, 한국에서는 그렇구나.〉
문화적인 차이죠. 외국에서는 뭘 마시거나 먹으면 맛에
집중한다는 표현으로 미간을 찌푸려요. 그러면서 감탄사가
나오죠. 그것이 제게 자연스러운 표현이에요. 식당에서도

셰프가 맛이 어떠냐고 물으면, 그 앞에서도 미간을 찌푸리고
음식의 맛을 음미하기 위해 집중한다고요. 〈오 마이 갓, 정말
이렇게 맛있어도 되나?〉 하는 표현이 따라 나오고. 그런데
한국에서는 미소를 지어야 해요. 음식이 입에 들어가자마자
바로 눈이 커지고 기분 좋은 표정이 나와야 해요.

> 한국 안에서 잘 받아들여지는 표현을 찾으려고
> 하는군요.

미팅할 때는 또 너무 당당하면 안 될 때가 있고, 방송할 때는 또
너무 수줍으면 안 되고, 상황에 맞는 표현을 찾으려고 해요.

> TV나 영상에 자주 비치니까 자신이 어떻게
> 보여지는지 알잖아요. 보통 사람들은 카메라를
> 들이밀면 피하기 바쁘죠. 저도 이번 인터뷰를 하면서
> 처음으로 온라인 화상 회의 프로그램을 이용해
> 보았는데, 이렇게 오랫동안 카메라가 저를 비추고
> 그걸 또 봐야 하는 경험은 처음이에요.

많이 배우죠? 내가 이렇게 저렇게 표현할 때 어떻게 비춰지는지,
그리고 괜찮은 표정과 안 괜찮은 표정이 눈에 보이지 않나요?

정말 적나라하게 드러나요. 머릿속에 있는 나의
모습과 실제로 보이는 모습이 달라서 놀라요. 표정과
말투를 정말 꼭 신경 써야 한다고 다시금 느꼈어요.

참 좋은 배움 같아요. 요즘 특히 영상 콘텐츠가 많아지면서요.

표정은 카메라 앞에서만이 아니라 평소에도 사람들과
대면하고 소통할 때 중요한 요소예요.

요즘 마스크를 하잖아요. 그럼에도 표정 관리를 포기하지
않아요. 마스크가 없을 때 관리되지 않은 표정이 은연중에
나타날까 봐요. 가려져 있더라도 항상 그 정신을 유지해요. 늘
몸에 배어 있도록. 여기서는 이 모습, 저기서는 또 다른 모습! 그
간극이 클수록 순수하지 않다고 생각해요. 그 차이를 줄여야
한다는 거예요. 남편한테나 아들들에게 하는 이야기를 밖의
누구에도 똑같이 할 수 있어야 해요. 집안에서 제가 가족을
대하는 자세나 태도가 밖에서 일하는 자리든, 친구를 만나는
자리든, 방송 자리든 다 연결이 되어야 한다는 것이죠.
가급적이면요.

헤어스타일도 그런가요? 우리가 매주 일요일 아침
이른 시간에 서로의 얼굴을 카메라로 보면서 인터뷰를

하는데, 늘 머리가 정돈되어 있어요.

하하, 방송을 한 다음 날 아침이라서 그래요. 보통은 보글보글 파마 머리를 묶고 다니고, 어느 때는 또 곧게 펴면서 멀리기도 하기도 하죠. 머리는 늘 깨끗하고 자연스럽게 관리해요.

솔직한 모습도 보일 수 있어야 해요.
나이 들어 가는 것을 공유하고 싶어요.
감추지 말았으면 좋겠어요.

우리가 나이에 관한 이야기를 종종 나누죠. 지금 당신의 나이가 52세예요. 대중에게 자신의 모습을 보이는 방송인인데, 나이가 들어 가면서 건강을 위해 꼭 지키는 것이 있나요?

어제 처음으로 운동복을 입은 모습으로 방송했어요. 스트레칭 매트를 판매하는 자리였는데요. 제가 직접 누워서 시연하는 상황이었어요. 그래서 방송에서 누웠어요! 굉장히 민망했죠. 카메라가 별의별 앵글로 다 잡더라고요. 이거 쉬운 게 아니라는 것 알죠?

누웠을 때 얼굴 모양이 달라지잖아요.

다 흘러내리잖아요!

카메라 워킹은 미리 정하고 시작하죠?

아니었어요. 방송 전에 제작팀이 〈직접 사용하는 모습을 보여
주면 더 신뢰가 가는데, 할 수 있겠느냐〉고 묻더라고요. 그래서
물론 할 수 있다고 말하면서 덧붙였죠.
「감안하세요. 제 몸에 한계가 있습니다.」
스판덱스 바지를 입으니 몸매가 여실히 드러나잖아요. 정말 큰
마음먹고 했어요.

쉽지 않았을 텐데요.

그것 때문에 그저께 잠이 안 왔나 봐요. 큰 걱정은 아니라고
생각했는데 나름대로 불편했던 것 같아요. PD가 모델을 써도
된다고 했는데, 직접 하겠다고 했어요. 〈다른 방송과는 다른
점을 보여 주자. 아무리 콘셉트가 우아한 모습이라도, 이런
솔직한 모습도 보일 수 있어야 한다〉고 생각했죠. 제 나이가
쉰둘인데, 당연히 완벽하진 않죠. 나이 들어 가는 과정에서
뱃살도 생기고, 허벅지나 엉덩이도 커져요. 그런 것을 감추고

싶지 않았어요. 건강 기능 식품을 소개할 때도 나이 이야기를 정말 자주 하거든요. 나이 들어 가는 것을 같이 공유하고 싶어요. 감추지 말았으면 좋겠어요. 그러나 괜찮다. 몸이 더 뻣뻣해지고 머리숱도 예전과 달라요. 운동을 할 때도 조심해야 하고요. 그런 이야기들을 공유하는 것이 중요해요.

자세도 늘 신경 쓰죠?

의식적으로 어느 공간에 들어간다고 하면 그때부터 자세를 바로 해요. 편안하게 있다가 어느 새로운 공간에 들어가면 누군가 나를 보고 있겠다는 마음으로 의식하게 되더라고요. 그래서 어디까지 신경 쓰느냐면 운전할 때도 적용을 해요. 참 신기하게도 차 안에 있어도 사람들이 알아볼 때가 있어요. 마스크까지 쓰는 데도 옆 차에서 기척이 있어 차 문을 내리면, 〈강주은 씨, 맞죠?〉

하하, 혼자 있는 공간에서도요!

그러니까 늘 너무 편해지면 안 된다고 생각해요. 운전할 때 표정도 신경 써요. 누가 차 운전하면서 표정을 의식해요? 하품도 크게 할 수 있잖아요. 세상이 안 보고 있다고 생각하죠. 그런데 누군가는 아주 짧은 순간이라도 알아볼 수 있어요.

하품하더라도 마음 놓고 못 하겠더라고요. 입을 가려요.

결혼과 동시에 대중의 눈이 향하는 세계로 들어왔기
때문에 이해가 가요. 혹시 그전에도 그런 편이었나요?

아니요. 남편 덕에 그렇게 되었죠. 그런데 또 남편은 그렇게까지
의식하지 않아요. 저는 특별한 케이스 같아요. 남편과
결혼하자마자 너무 많은 편견과 판단에 시달렸어요. 〈별로
예쁘지도 않은데! 저 남자는 최고 미인과 결혼할 수도 있는
미남인데! 저 강주은이 뭐라고? 뭘 보고 반했다는 거지? 왜
결혼까지 해?〉〈당신 남편이 얼마나 잘생긴 미남인지 아느냐?
이렇게 잘생긴 남자와 사는 것이 얼마나 좋은지 알아야 한다〉는
말을 수없이 들었어요. 정말로 직접 제 앞에서 그렇게 말하는
사람이 많았어요. 그때 든 생각은 한국에서는 얼굴 생김새가 참
중요하다는 것이었어요. 그런 말들이 제게 굉장한 상처가 될 수
있었지만 방향을 어떻게 잡았느냐면, 〈그래! 내가 남편 옆에
있는 미운 오리라면, 언젠가 멋진 백조로 변하는 모습을
보여야겠다〉였어요. 내가 가진 사고, 원칙, 자세, 행동, 마음을
언젠가 제대로 보여 주겠다는 결심이 생긴 거죠. 처음엔 정말
노력해도 문화적인 그 벽이 참 두텁더라고요. 그래서 먼 세월을
생각할 수밖에 없었죠. 그렇게 한국이 사랑하는 잘생기고 멋진
배우가 왜 세 시간 안에 〈이 여자다〉라고 선택했는지 그 이유를

언젠가는 보여 줘야겠다고요. 아니, 남편은 그렇게 실수를 많이
해도 이 사회는 다 받아 주더라고요! 무슨 일이 있어도 〈그래도
최민수니까〉 하면서 받아 주는 이 사회가 참 어렵다고
생각했어요. 반면 그 옆에서 올바르게 살고 있는 저는 전혀
인정받지 못했어요.

　　요 근래 방송이나 홈 쇼핑에서, 또 이렇게 책을
　　통해서도 표현할 기회를 가지게 되었어요.

저만의 이미지, 저만의 색깔이 근래에 와서 좀 표현된다고
느껴요. 참 오랜 세월이 걸렸죠.

　　일관적이고 자연스럽게 보이는 것이 바로 시간의 힘
　　덕분이군요.

서초동 사랑의 교회가 있는 큰 사거리에 8백 년이 훌쩍 넘은
향나무가 있어요. 영어로 하면 주니퍼인데 제 이름이 들어가서
제 별명이기도 해요. 그 옆을 지나갈 때마다 얼마나 오랜 세월을
겪었을까 하는 생각을 자연스럽게 해요. 오랜 세월 그 자리를
지켜 왔죠. 저도 역시 한 그루의 나무예요. 많은 계절과 사건을
다 겪었어요. 그리고 앞으로 또 얼마나 많은 일을 겪겠어요?
사람마다 각각 하나의 나무라고 생각해요.

멋진 표현이에요.

저의 로망 중 하나가 그 나무 옆에서 사진 한 컷 찍는 거예요. 그런데 하도 바쁜 사거리다 보니 좀 어려워요. 어느 날 오토바이 타고 새벽에 가서 한번 찍을 수 있다면 참 좋겠어요.

자신을 행복하게 하는 방법을 잘 아네요.

제가 남편한테 〈꺼져!〉라고 말하는 그 장면이 많은 분들을 완전히 흔들어 놨어요.

방송 출연에 대해 들어보고 싶어요. 특히 예능 프로그램 「엄마가 뭐길래」에 관한 것들요. 그것도 당신에게는 새롭게 시도하는 일이었죠. 방송을 하기로 결심한 과정이 궁금해요.

타이틀이 〈엄마가 뭐길래〉잖아요? 원래는 저와 아들에만 집중하는 기획이었어요. 그랬는데 남편이 자연스럽게 나온 분량을 싹싹 모으더라고요. 그리고 그게 메인이 되었어요.

집 안에서 이루어지는 내용이다보니 자연스럽게
남편의 분량이 생겼군요.

그렇죠. 처음엔 굉장히 어색했어요. 막내아들에게 한국어 알려
주는 과정을 방송으로 담자는 것이었는데 어느 시점 이후부터
남편과 나오는 콘셉트로 자꾸 몰아가더라고요. 그래서 결국엔
아예 저와 남편을 담는 콘셉트로 다시 정했어요. 아들들은 종종
들어오고요.

그럼 계약도 다시 했겠어요.

맞아요. 만드는 쪽에서도 어떻게 콘셉트를 잡고 가는 게 좋을지
잘 몰랐던 것 같아요. 초반엔 스트레스가 많았어요. 첫 화는
거의 아침에 시작해서 새벽 1시까지 찍었어요. 찍어 놓은 건
많은데 그걸 어떻게 보여 줘야 할지 몰랐죠. 이것저것 다 찍어
봤죠. 그러다가 남편이 나올 때마다 자연스러운 장면들이
이루어지더라고요. 3~4회를 찍고 난 다음 부부 사이의
내용으로 콘셉트를 잡고 다시 계약했어요.

섭외는 어떻게 들어왔나요?

배우 황신혜 씨가 먼저 섭외되었고, 그분의 추천으로 하게

되었어요.

사생활을 보여 주는 것인데 어떤 마음으로
수락했나요?

실은 오래전부터 남편과 이런 거 하면 좋겠다고 생각했어요.
반면 남편은 처음엔 매우 보수적이었어요. 사생활을 많이
공개해야 하니까요. 편집에 참여할 수도 없으니 우리 의도와
달리 노출되기도 할 거라는 걱정이었죠. 그래도 저는 남편과
같이 하고 싶었고, 내가 바라던 바였다고 말했죠. 우리의 실제
생활을 공개할 수 있는 건 굉장히 좋은 기회라고 설득했어요.

왜 좋은 기회죠?

여태껏 이중생활이었어요. 바깥에서 보는 최민수의 이미지와
집에서의 남편의 모습이 너무 다르니까요. 제가 아는 이
최민수를 공개하고 알리고 싶었어요.

그게 더 도움이 된다고 생각했어요?

네! 어딜 가든 꼭 이런 질문을 받았으니까요. 〈어떻게 저런
사람과 사느냐? 어떻게 이리도 오래 사느냐?〉 여기에 쉽게 답할

기회였죠. 우리 생활을 보여 주는 것이 더 설명할 필요 없이
자연스럽고 쉽고 간단한 대답이 되잖아요. 아무리 인터뷰에서
남편에 대해 말해도 잘 이해를 못 해요.

그게 이미지의 힘이구나. 그래서 도움이 되었나요?

한 번에 해결이 되었어요. 시원했죠. 알아서 보고 판단하게 한
거죠. 중요한 것은 그 방송 덕에 드디어 많은 사람이 제 남편을
알게 되었다는 거예요. 처음으로요! 그리고 저의 진짜 모습도
보여 주고요. 저는 남편이 아무리 사고를 치더라도 지금껏
올바른 와이프의 역할만 보여 줄 수밖에 없었어요. 그러니 저에
대한 이미지도 〈참고 사는 착한 여자〉였어요. 남편을 욕해도
저를 욕하는 사람은 하나도 없었죠. 그런데 「엄마가
뭐길래」에서 제가 남편한테 〈꺼져!〉라고 말하는 그 순간이 많은
분을 정말 완전히 흔들어 놨어요. 그때 포털 사이트 검색어 순위
1위를 했는데, 그게 며칠이 지나도 내려가질 않더라고요. 그게
그렇게 심한 욕으로 받아들여질지 몰랐어요. 그냥 우리가 불을
끄는 느낌을 생각했죠. 뭐가 싫으면 〈저리 가라, 사라져라, 비켜〉
하는 거 이상은 없었어요. 제게 〈꺼져!〉는 그런 느낌이었어요.
이제껏 〈이 여자는 별 볼일 없다. 그냥 굉장히 올바르게
꾸준하고 성실한 거 말고는 없어. 최민수는 터프하고 강주은은
그걸 감당할 만큼 그냥 착한 사람이야. 안 봐도 너무 잘 알아〉

하던 사람들이 갑자기 〈꺼져!〉 한마디에 〈뭐지, 이 여자?〉 하게
된 거예요. 그리고 이제껏 남편을 욕했던 사람이 오히려 〈이
여자 보통 아니네? 최민수, 안 됐다. 저렇게 센 여자를 데리고
살고 있었나? 전혀 몰랐네〉였어요.

    자연스러운 일상의 모습을 보여 준 것뿐이었을 텐데요.

〈어떻게 사세요? 참 기특해요. 대단해요.〉 그게 매일 듣는
인삿말이었는데요.

    그런 이야길 들을 때마다 기분이 좋진 않았을 텐데.

〈예쁘지도 않은데 어떻게 미스코리아가 되었느냐?〉가 제 한국
생활의 시작이었는걸요. 뭐, 마음이 상하는 건 없었어요. 그저
표현 방식에 배려심이 많이 없다는 걸 알았죠. 그런 건 처음부터
안고 가야 한다고 받아들였어요. 이제껏 그런 남편과 어떻게
사느냐고 해오던 사람들이 이제는 남편을 막 보호하더라고요.
정말 남편이 저를 걱정할 정도였어요.
「주은아. 이거 큰일이다. 포털 검색어 순위에서 안 내려가. 우리
조심해야겠다. 내가 걱정했던 게 바로 이런 거였어!」
그런데 잘 이해가 안 갔어요.
「잘못한 게 뭔데?」

「이건 대한민국에서 받아들여 줄 수위를 넘어간 거야. 우리도
모르게 너무 편안하고 익숙해진 것들이지만 공식적으로
공개되기엔 어려운 부분들이 있는 거야.」

「나 잘못한 거 없어.」

나에 대해서 안 좋은 여론이 생기는 건 처음이니까 남편은
걱정이 되었나 봐요. 그때는 마트에서도 쇼핑할 때,
아주머니들이 나에게 와서 이렇게 말했어요.

「요즘 〈엄마가 뭐길래〉에 나오는 거 보는데, 그거 방송이라서
일부러 남편한테 막 대하고 그러는 거죠? 우리나라 국민
배우거든요. 남편한테는 그렇게까지 하는 건 너무 심해요.
여태껏 강주은 씨 팬이었는데, 그건 사실 우리나라 정서가
아니거든. 방송 때문이죠?」

하도 그런 이야길 들어서 이렇게 답하기 시작했어요.

「그거 원래 저 맞아요. 오히려 많이 자제하는 거예요. 남편은
오히려 〈방송 덕분에 부인이 날 사람 대접해 준다〉고 해요.」

상대가 깜짝 놀라면, 〈좋은 하루 되세요〉 하고 자리를 떠나요.
그런데 사실이에요. 방송을 위해서 자제했어요, 정말로!
방송인데 거기서 정말 쌍욕을 할 순 없잖아요?

　　　　　평소엔 한다는 이야기네요!

언플러그드 강주은을
보여 줘야겠다.

그렇죠! 남편한테 심하면 더 심했죠. 처음엔 남편은 남자라는
자부심에 가득 차 있었어요. 〈너만 강한 남자야? 나도 강해.
여자가 수그리고 있고 매일 네네 대답만 하는 존재인 줄 알아?
웃기지 마. 너도 욕해? 나도 해!〉 이렇게 나를 확실히 보여
줘야지 숨 쉬며 살겠더라고요. 나를 약한 여자로 보는 게 아니고
한 인간으로 존중해야 하잖아요. 그래서 이 남자를 막 흔들어서
존중해 달라고 하는 게 아니라 강한 모습을 보여 줘야겠다고
생각했어요. 결혼하고 첫 1년은 순종하는 척했죠. 이제 파악을
하고 나니 그럴 필요가 없겠더라고요. 드라마를 보더라도
여자들이 너무 당당한 거예요. 오케이, 이제 파악했으니, 장갑을
다 벗는 거죠. 언플러그드 강주은을 보여 줘야겠다. 그런데
남편도 저의 농담이든, 진심이든 다 알아차리고 받아
주더라고요. 그때부터 동등한 입장에서 대화다운 대화를 하게
되었어요. 그렇게 우리만의 문화를 만들어 나가다가, 여태껏
사람들이 궁금해 했던 것을 조금씩 보여 줄 기회가 왔죠. 처음엔
우리 집 문을 아주 조금만 열었어요. 요만큼만! 하지만 그
요만큼에 다 놀랐어요. 25년 넘게 잘 살아온 우리의 이야기를
듣고 싶어 하지 않더라고요. 영화 「어 퓨 굿맨」의 클라이맥스인

재판 장면에서 톰 크루즈가 잭 니컬슨에게 이렇게 말해요.
「난 진실을 원해요.」
그 말에 잭 니컬슨이 이렇게 대답해요.
「당신은 그 진실을 감당을 할 수 없어요!」
제가 그 잭 니컬슨의 모습이 되는 거예요. 미용실에 머리하러
가도, 모 사모님이 들어오자마자 제 머리에 대고 〈남편한테 얘
재 너, 하는 그 사람 저기 있네?〉 하고 말해요. 머리 해주는 분이
저에게 〈아휴, 신경 쓰지 마세요〉라고 할 정도였어요. 그럼에도
불구하고 관심이 끊이질 않았죠. 시청률은 계속 올라가고 댓글
창은 너무 뜨겁고! 오늘은 이렇게 했다, 저때는 저렇게 했다!

그 폭발적인 부정적 반응을 어떻게 넘겼어요?

당황스럽기도 했죠. 남편이 터프가이 맞아요! 그런데 터프의
의미가 서로 달랐던 게 아니었을까요. 남편이 젊은 시절
살아왔던 한국은 너무 험했어요. 노래를 잘못 불러도 감옥에
들어가는 시대였잖아요. 게다가 연예계는 거의 주먹
세계였어요. 그런 세계에서 자신을 지키려고 누구보다도 더
강하게 살아야 했죠. 그리고 그런 이미지로만 굳어졌어요.
제가 아는 남편은 정말 세련된 한 인간이에요. 그 방송을 통해서
보여 주고 싶었어요. 욕을 먹더라도 보여 주자고 생각했죠. 한
여자를 사랑하고 한 여자 앞에서 순종하고 한 여자 앞에서 자기

인생의 중요한 어느 것이라도 내려놓을 수 있다는 것이, 이것이
진정한 〈터프 가이〉다. 그걸 보여 주는 기회였다고 생각해요.
그래서 어떤 반응도 감내했어요. 다행히 방송이 거듭될수록
인식이 점점 바뀌어 갔고, 많은 분들이 〈아, 이거구나. 이제
알겠다〉는 단계에까지 가더라고요. 우리에 대한 믿음이
먼저보다 단단해졌을 거라고 생각해요.

　　　남편과의 다양한 에피소드가 있고, 평범하지 않은 그
　　　이야기들은 여러 번 들어도 재미가 있어요. 그런데
　　　이제는 좀 상황이 달라졌죠. 지금은 〈쇼 호스트〉라는
　　　이름표를 하나 더 가지게 되었어요. 앞으로 방송에
　　　초대되면 어떤 종류의 이야기를 하고 싶은지 궁금해요.

저 혼자서, 또 남편 혼자서는 큰 임팩트를 가져오지 못해요.
그러나 우리 둘이 합하면 무시 못 할 시너지가 나와요. 제
소망은 남편과 같이 뭘 하는 거예요! 가능할지 모르겠지만 둘이
꾸려 나가는 토크 콘서트 같은 것요. 서로 분명히 다른 입장인데
그걸 어떻게 조화롭게 이루어 가느냐에 초점을 맞추면 매력이
있을 것 같아요.

　　　방송인으로서 유명해지고 싶나요?

그건 아니에요. 그저 이 문화 안에서 제가 어떻게 활용될까?
그것을 늘 생각해요. 이 한국이라는 곳에서 나눌 만한 나만의
재료가 뭐가 있나? 색다르면서도 더 도움이 될 만한 게 뭘까?
이런 걸 늘 체크해요.

이 이야기를 듣고 나니, 이제껏 해왔던 이야기들이
편견과 고정 관념에서 맞서는 한 사람의 일대기처럼
느껴져요. 일을 하면서, 사람들을 만나면서 늘 그런
것을 의식하고 있군요.

네, 그 지점 때문에 제 인생이 더 풍부해졌다는 생각이 들어요.

멋진 빵도 만들었지만, 실패한 빵도 많고,
아직 굽고 있는 빵도 있고, 여전히 숙성이
필요한 반죽 상태인 것들도 많아요.

이 인터뷰가 계속해서 이어졌으면 하지만, 이제는
어느 정도 일터에서 활용할 만한 〈소통에 관한 열 가지
생각〉이 정리되었어요. 어느덧 마지막 질문의 시점이
왔습니다.

네, 이 인터뷰가 다른 분들에게도 의미 있게 다가갔으면
좋겠어요. 마지막으로 무슨 이야기를 할까요?

당신이 바라는 〈일을 하는 당신의 모습〉, 어땠으면
좋겠어요?

마무리하기 좋은 질문이네요. 고마워요. 제가 즐겨 하는 비유가
있어요. 일을 한다는 것은 각자의 재료들로 빵을 구워 내는
과정이라고 생각해요. 프레첼, 도너츠, 베이글 같은 빵이요. 각
재료의 비율이 맞아야 하고 섞는 방법도 잘 선택해야 해요.
그래야 촉감이 잘 나오거든요. 또 따뜻한 곳에서 숙성을 시켜야
하죠. 반죽이 막 부풀면 그걸 잘라 내서 모양 만들어 놓고 또
부풀려요. 그러고 나서 적절한 시점에 굽죠. 과정이 참 많아요.
멋진 모양에 맛 좋은 빵이 구워지면 뭔가 큰일을 해냈다는
생각이 들어요. 저에게는 그 빵 하나하나를 잘 만드는 것이
대단한 도전이에요. 그런 모든 과정이 꽤 특별해요.
정량의 재료와 기다리는 숙성의 시간이 필요한 그런 작업, 이
인터뷰를 통해서 그것이 제 삶을 통과하는 테마라는 생각을
다시금 하게 되었어요. 지금까지 저의 삶을 되돌아보면 제가
가진 재료를 적절히 사용하고 그것이 숙성이 될 때까지
기다리는 시간을 가졌어요. 그래서 멋진 빵도 만들었지만,
실패한 빵도 많고, 아직 굽고 있는 빵도 있고, 여전히 숙성이

필요한 반죽 상태인 것들도 정말 많아요. 일을 할 때나 사람을 만날 때나 저는 그런 과정을 늘 의식해요. 빵 구울 때처럼 제 삶에서도 포근하고 안정감을 주는 저만의 향기가 은은하게 풍겼으면 좋겠어요. 늘 빵 굽는 냄새가 나는 집을 만들고 싶다는 저의 어릴 적 로망처럼요.

인터뷰를 마치며

첫 책『내가 말해 줄게요』의 인터뷰어이자 편집자로 참여하면서
강주은을 처음 만났다. 가족 간 소통에 관한 이야기를 주로 듣는
과정에서 그녀의 특별한 생각뿐 아니라 유머러스함과 겸손함
그리고 스토리텔링 능력에 감탄했다. 그러한 면모를 책에 잘 담기
위해 애썼다. 그러나 미처 담을 수 없던 것이 있었는데, 이야기
중간중간에 곁들여지는 조직 생활 속 일화들을 말할 때 반짝거리는
그녀의 표정이었다. 곁들임 이야기임에도 불구하고 진지함과 열정
가득한 그 일화들을 듣자니, 직장에 10년 넘게 몸담으며 〈일하는
것〉에 대한 새로운 시각이 필요했던 나로서는 한번 헤쳐 보고 싶은
보물 상자를 발견한 느낌이었다. 이 사람은 직장에선 어떤
스타일로 일하고 소통할까?

작년 겨울, 오랜만에 통화하면서 〈일터에서의 소통〉에 관해 할 말이
더욱 쌓이지 않았느냐고 묻자, 강주은은 〈지금인 것 같아요!〉라며
인터뷰 요청을 수락했다. 코로나 시대의 흐름에 맞게 각자의
방에서 온라인으로 이야기를 나눴고, 3년 전 인터뷰를 하면서

형성된 친밀감 때문인지, 처음부터 깊은 이야기를 나누게 되었다. 인터뷰하는 30여 시간 동안, 최선을 다해 일하는 사람들로서 우리는 자세히 설명하지 않아도 기분 좋은 공감을 주고받을 수 있었다.

일과 소통에 관한 이 긴 인터뷰가 삶의 어느 곳에서든 소통을 잘하고자 하는 독자들에게 영감을, 명쾌함을, 또 위로를 주길 바라며 질문을 골랐다. 부디 일과 소통에 관한 강주은의 지혜롭고 유용한 관점들이 잘 담겼길 바란다. 어쩔 수 없이 편집자의 신분을 가진 인터뷰어의 말을 이렇게 나란히 담게 되었다. 집요하게 파고드는 질문조차 환영하며 서슴없이 문을 열어 준 인터뷰이 강주은에게 고맙다고 말하고 싶다.

2021년 4월
열린책들 편집자 김미정

강주은이 소통하는 법 일에 관한 열 가지 생각

발행일 2021년 4월 30일 초판 1쇄

지은이 강주은
인터뷰 김미정
사 진 이지도르 이진화
발행인 홍예빈 · 홍유진
발행처 주식회사 열린책들

경기도 파주시 문발로 253 파주출판도시
전화 031-955-4000 팩스 031-955-4004
www.openbooks.co.kr